유튜버와 작가,
예순 넘어 시작하다

한국판 모지스 할머니의 도전 스토리

유튜버와 작가, 예순 넘어 시작하다

주미덕 지음

바이북스
ByBooks

추천사

최신 스마트폰이나 노트북을 접할 때마다 기가 질린다. 움츠러든다. 손가락이 굳는다. 뭘 잘못 만지기라도 하면 당장 고장이라도 날 것 같다. 기술은 또 어찌나 예민한지. 손가락을 제대로 갖다 대지도 않았는데 화면이 훽훽 넘어가 버린다. 고작 마흔 중반에 이러고 있으니 앞으로가 걱정이다.

주미덕 작가를 처음 만났을 때. 온화한 미소와 자신감 넘치는 눈빛이 인상적이었다. 나이를 곱게 먹었다는 느낌. 관리(?)를 잘한 때문일까. 함께 있는 사람을 편안하게 만드는 매력이 있었다.

일주일 동안 그녀의 글을 읽으면서 알 수 있었다. 따뜻함과 당당함을 함께 가진 이유. 관리가 아니라 배움과 도전이었다.

백세 시대라 하지만, 여전히 나이 든 사람이 새로운 시도를 한다는 것은 젊은 사람의 그것보다 훨씬 힘들고 어려운 일임을 부정할 수 없다. 속도가 느리고 이해가 빠르지 않다. 특히 소프트웨어의 사용법을 배우는 일이나 오랜 시간 습관으로 굳어진 틀을 깨기에는 큰 동기와 의지와 꾸준함이 필요할 터다.

> "삶의 주인으로 내 꽃밭을 가꾸고 그 향기를 나누며 살 수 있다는 메시지를 다른 사람에게도 전해주고 싶다."
>
> - 본문 중에서

아내, 엄마로 살았다. 쌍둥이의 할머니다. 전형적인 한국사회 '여자'로서의 삶이다. 그것만으로도 이미 훌륭한 인생임에 틀림 없다. 그녀는 도전했다. 안주하지 않았다. 결코 쉽지 않은 도전이었다. 새로움의 시도였고 배움을 향한 열정이었다.

'60'이라는 숫자는 그녀의 삶에서 의미를 잃었다. 유튜버와 작가. 즐기고 있다. 표정에서 역력히 드러난다.

성공을 향한 도전이 아니라는 점에서, 이 책은 더욱 의미가 있다. 작가는, 자신의 경험과 지식을 나누려 한다. 남은 삶을 멋지게 즐겨보자고 권한다. 무한한 가능성을 믿으라고 전한다. 나이 든 사람은 심장이 두근거릴 테고, 젊은 사람은 주먹을 불끈 쥐게 될 터다.

한 사람의 용기 있는 도전. 해냈다는 성취감. 배움에 대한 열정과 끝까지 포기하지 않은 끈기가 많은 독자들의 가슴에 전해질 거라 믿어 의심치 않는다.

새로운 배움과 도전 앞에 망설이는 사람 있다면. 너무 늦었다며 고개 숙이는 이들이라면. 의욕과 활기를 잃어버린 자신을 책망하는 중이라면. 삶의 가치와 보람을 느끼고 싶은 독자가 있다면. 기꺼이 이 책을 쥐어주며 전하고 싶다.

"주미덕 작가 아시나요? 이 책 읽으면 가슴이 뜨거워질 겁니다!"

자이언트 북 컨설팅 대표

이 은 대

들어가는 글

나이를 불문하고 '도전'은 새로운 삶의 활력을 만든다. 도전이 또 다른 세상을 맛보며 살 수 있는 기회를 준다는 것을 나는 강조하고 싶다.

딸이 쌍둥이를 낳고, 우리 동네로 이사를 왔다. 혼자서는 버거울 게 뻔했기에 함께 쌍둥이를 키웠다. 쌍둥이는 무럭무럭 자라 어린이집에 다니게 되었다. 육아의 짐으로부터 한숨 돌리게 된 어느 날, 딸이 내게 말했다.

"엄마, 그동안 너무 고마웠어. 엄마도 이제 엄마가 즐거운 일 했으면 좋겠어."

내가 즐거운 일? 그런 게 있었나 싶었다. 한 남자의 아내, 아이들의 엄마, 그리고 쌍둥이의 할머니로만 살아온 인생이었다. 딸의 권유에도, 손주들의 육아에서 제법 자유로워진 상황인데도 한동안은 아무것도 시작할 수 없었다.

어느 날, 딸이 다시 말했다.

"엄마, 서울에서 유튜브 강의가 있는데 들어 볼래?"

평소 나는 저녁 늦게나 잠이 오지 않을 때 유튜브를 종종 보곤 했다. 물론 직접 동영상을 찍어서 유튜브에 올리겠다는 생각은 해본 적이 없었다. 유튜브의 동영상은 젊은 사람들이나 만드는 것으로 생각했다.

'나보고 유튜버가 되라고? 과연 내가 할 수 있을까?'

자신은 없었지만 일면 솔깃하기도 했다. 그래서 용기를 내서 서울로 강의를 들으러 다녔다.

전철을 타고 서울로 향하는 발걸음은 가볍기만 했다. 나이 들어서 하는 공부라 그런지 마음에 더 다가왔다. 할머니로만 정신없이 살다가 젊은이들과 함께 공부하니 날개가 달린 듯 행복했다.

행복한 공부는 결실을 맺었다. 동영상을 유튜브에 업로드 할 수 있는 능력을 갖추게 된 것이다. 빛나영 선생님이 잘 가르쳐준 덕분이었다. 또한 수업 중 과제로 읽은 《백만장자 메신저》라는 책이 용기를 심어준 덕분이었다.

"누구나 자신만의 영감과 지혜를 갖고 있다. 당신의 경험이 돈이 되는 순간이 온다."

《백만장자 메신저》에서 만난 이 글귀에서 나는 용기를 얻을 수 있었다. 그 용기로 나는 행동을 개시했다. '딸을 위한 요리'를 동영상으로 찍기로 마음먹고 실천에 옮겼다. 내가 경험한 것, 내가 잘할 수 있는 것이 요리였기 때문이다.

'주코코맘의 미각'이라는 계정을 만들었다. 그리고 첫 번째 영상을 찍어서 올렸다. 첫 번째 영상은 〈엄나무 순 장아찌 만들기〉였다.

두근두근했다. 요즘 유튜브가 대세라 많은 사람들이 영상을 찍고 유튜버로 활동한다. 그 틈바구니에서 살아남을 수 있을지 의문이었다. 그래도 오로지 내 힘으로 해냈다는 사실에 기쁨은 이루 말할 수 없었다. 더구나 내 또래 중에서 나처럼 직접 찍고 편집까지 하는 사람은 드물었다. 그것 또한 뿌듯함을 안겨주었다.

다행히 결과는 나쁘지 않았다. 매주 2회 영상을 찍어서 올리기 시작한 지 9개월쯤 지났을 무렵 구독자가 10,000명을 넘어섰다. 자신감이 생겨서 꾸준히 영상을 올렸다.

구독자 1,000명이 넘을 무렵부터 광고가 붙으며 수익이 발생하기 시작했다. 나도 사람인지라 호주머니에 돈이 들어오자 더 열심히 달려들게 되었다. 그 결과 〈고구마 말랭이 만들기〉, 〈찹쌀호박떡 압력솥에 만들기〉, 〈도라지 청 만들기〉, 〈약식 만들기〉 등의 동영상은 조회수 10만을 넘기기도 했다. 어느덧 예상 수익이 1,000달러가 되었다. 기대 이상이었다. 아들에게 자신 있게 자랑할 수 있었다. '나이 듦'이 더 이상 두려움이 아니게 되었다. 내가 가진 '지혜와 경험'으로 수익까지 얻으니 삶의 기쁨이 두 배가 되었다.

바야흐로 100세 시대다. 재수 없으면 120세까지 산다고 한다. 그러므로 일할 수 있을 때까지 일하고, 노후 대비도 잘해야 한다고 생각한다.

삶의 마지막까지 열정으로 가득했던 '애나 메리 모버트슨 모지스' 할머니가 떠오른다. 그녀는 나의 롤 모델이다. 모지스 할머니는 75세에 그림을 그리기 시작해서 101세까지 1,600여 점의 작품을 남겼다고 한다.

"사람들은 내게 늘 늦었다고 말했어요. 진정으로 무언가를 추구하는 사람들에게는 바로 지금이 인생에서 가장 젊은 때입니다."

모지스 할머니의 이 말이 가슴에 와 닿았다. 언제나 큰 울림을 준다.

자신이 진정 좋아하는 것을 추구하는 일. 그리고 시작하는 일. 이 움직임이야말로 새로운 자신을 만들어가는 노후가 될 것이다. 그러한 노후는 행복이 배가 될 것이다. 유튜브를 하면서 새삼 깨달았다. 인생의 길은 본인이 선택하며 만들어 나가는 것이라는 사실을.

또 다른 길을 용기를 내서 선택했다. 용기를 불어넣어준 사람은 또 딸이다.

"엄마, 다른 사람들은 영상을 남편이나 자녀나 손녀가 찍어주는데, 엄마는 직접 영상을 찍으며 편집까지 하잖아? 그래서 책을 써보면 좋을 것 같아."

그래서 책을 쓰기로 마음먹었다.

이은대 작가님의 글쓰기 강의를 들었다. 동기부여가 생겨 '읽고 쓰는 삶'에 도전했다. 물론 한 번도 가보지 않은 길이라서 쉽지만은 않았다. 그래도 해냈다. 해내서 행복하다.

지금 나는 내 삶의 주인이 된 기분이다. 내 삶의 꽃밭을 예쁘게 가꾸고, 그 향기를 나누며 살고 싶다. 향기를 담은 이 한 권의 책을 여러분과 즐겁게 나누기를 꿈꾼다.

차례

chapter 2

이제는 내려놓을 때

chapter 3

여기는 유튜브 세상

chapter 4

주코코맘이 꿈꾸는 미래

chapter 5

다시 되돌아보면 오직 감사뿐

chapter 1

세상이 아름답게 보일 때

엄마가
요리한 거야

처음부터 요리를 좋아하지는 않았다. 결혼 전에는 밥은 몇 번 했지만 반찬은 잘 안 했다. 자신 있게 만들 수 있는 반찬은 콩나물무침, 어묵 볶음 정도였다.

아파트로 이사 와 살던 시절이었다. 다른 동에 사는 언니가 여성회관에서 한식조리사반을 모집한다며 같이 배우자고 했다. 마침 요리를 배워볼까 생각하던 차라 고맙다며 같이 갔다. 그런데 모집 인원보다 신청자가 많아 우선은 예비자 명단에 올랐다. 이후 언니와는 다른 조에 합격해서 다니게 되었다.

요리를 배우러 다니니까 삶에 활력소가 생겼다. 수업 시간이 기다려졌다. 수업은 조별로 이루어졌다. 선생님이 먼저 요리과정을 보여주면 조원끼리 한 가지씩 맡아 실습을 했다. 즉 한 사람은 당근 썰고, 다른 사람은 파 썰고 오징어 썰고 하는 식이다. 조원들과 함께하는 수업 방식이 재미있었다.

실습으로 완성한 음식은 맛만 살짝 보고는 조금씩 나누어 싸갔다. 나는 그 음식을 가족과 나누어 먹으며 자랑을 했다.

"엄마가 요리한 거야."

가족들의 반응은? 상상에 맡긴다.

실습 재료를 구하기 위해 시장에서 장보는 재미도 쏠쏠했다. 그 과정에서 좋은 도매점도 알게 되었다. 한식을 주로 배우는데, 선생님이 중식과 양식도 조금씩 가르쳐주어서 많은 도움이 되었다. 선생님은 수업을 마치면 요리한 곳을 깨끗이 청소했는지의 여부도 점수를 매겼다. 요리사는 늘 청결해야 하기 때문이다. 선생님에게 참 여러 가지를 배웠다.

내일은 요리를 어떻게 풀어갈까, 나날이 즐겁고 기대되었다. 그러다 보니 실습 시간도 어느새 지나갔다. 이제 남은 것은 시험이었다.

필기는 한 번에 합격했다. 하지만 실기에서는 떨어졌다. 정해진 시간 안에 음식을 만드는 게 쉽지 않았다. 시험이라고 떨려서, 손도 생각만큼 따라와주지 않았다. 조리 순서 지키기, 정해진 길이대로 식재료 썰기 등 모든 것이 만만치 않았다. 청소 상태 등 여러 가지를 수시로 체크하며 다니는 감독관은 왜 그리 또 부담스러운지…….

두 번 불합격하고 세 번 만에 마침내 합격했다. 삼수 끝에 받은 조리사 자격증은 인생의 큰 상장이었다. 자격증을 받아 집에 오는 내내 저절로 콧노래가 나왔다.

완장을 차면 거만해진다더니, 자격증을 받으니 자신감이 상승했다. 나는 집에서 아이들에게 피자와 탕수육 등을 신나게 만들어주었다. 요리를 하면서 신명나게 하루하루를 살았다.

백화점 근처 빵 재료 파는 곳에서 제빵을 가르쳤다. 내친 김에 빵 만드는 법도 배웠다. 여성 문화센터에서는 커피 종류며 커피 내리는 법, 커피에 우유 넣는 법 등을 배웠다. 아쉽게도 그때에는 바리스타 양성 과정이 없었다.

백화점 문화 센터에서 꽃꽂이도 배웠다. 일주일에 한 번씩 새로운 꽃향기가 집 안에 퍼졌다.

일본어도 배웠다. 배울 때에 재미있는 일도 많았다. 그중 하나는 일본어 가이드 실습을 한 것이다. 선생님은 일본인들을 상대로 여행 가이드를 했다. 그래서 한번은 우리에게 일본어 현장 실습을 시킨다며 여행지에 데려갔다. 하지만 배운 것을 몇 마디밖에 써먹지 못했다. 실습을 잘 못해서 무척 속이 상했었다.

학교 공부가 끝이 아니다. 배움은 끝이 없다고 생각한다. 나는 그런 자세로 백화점 문화 센터에서 수지침도 배웠다. 한때는 뜸도 뜨고 내 손에 침을 놓았던 적도 있는데, 지금은 거의 잊었다.

그 당시에는 새로 입주한 아파트여서 그런지 이웃들과 가까이 지냈다. 커피 타임도 종종 가졌는데, 학교, 학원, 가족 등을 다과 때 수다 재료로 올렸다. 커피와 함께 이야기꽃을 피우던 그때가 그립다. 요즘 젊은 엄마들은 대부분 직장생활을 해서 다들 바쁘다. 집에 있는 엄마들은 아이를 어린이집이나 유치원에 보낸 뒤 커피전문점에 모인다. 그곳에서 이야기꽃을 피운다. 내가 자식들 키우던 때와 참 많이도 변했다. 불과 25년 전인데도 희미한 옛 풍경이 되어버렸다. 옛말에 10년이면 강산이 변한다 했는데, 요즘에는 2~3년이면 변하는 것 같다.

그 시절 아파트에서는 라인 모임도 했다. 김장도 서로 품앗이로 했다. 밤새 배추를 절여놓으면 아침에 앞집 윗집이 와서 무채 썰고, 파, 갓, 마늘, 젓갈, 고춧가루를 넣고 버무렸다. 절인 배추를 씻어 소를 넣고 나서는 보쌈을 하고, 동태찌개도 끓여 먹었다. 음식 솜씨가 평소보다 특별히 나아진 게 없는데도 그날 음식 맛은 왜 그리 다른지 모르겠다. 즐겁게 음식을 해서, 정답게 나누어 먹어서 그랬나 보다. 그 맛의 기억이 어제처럼 생생하다. 이웃과 잘 나누어 먹었다. 그 시절에는 다른 집들도 그렇게 살았다.

조리사 자격증을 따고 나니 일단 자신감도 생기고, 요리도 즐거워졌다. 전에는 구역 모임을 할 때 20명 정도 접대하려면 겁부터 났었다. 선뜻 우리 집에서 하자는 소리를 못했었다. 그런데 요리를 배우고 나니 달라졌다. 우리 집에서 모임을 해도 혼자 거뜬히 음식을 준비할 수 있었다. 덕분에 우리 집에서 북적북적 사람 사는 냄새가 났다. 이웃집에서도 그랬다. 아름다운 사람들이 살아가는 향기 가득한 시절이었다.

흔히들 말한다.

"날 때부터 잘하나?"

날 때부터 잘하는 경우는 극히 드물다. 대부분은 날 때부터 못한다. 그러나 마음이 열리고 관심이 생기면 달라진다. 못하는 것을 잘하게 된다. 마음이 닫히고 관심이 없으면 아무 소용없다. 누가 조언을 해도, 가르쳐줘도 "소귀에 경 읽기"이다.

우리 딸도 그랬다. 미역국 끓이는 법을 알려 주었지만 소귀에 경 읽기였다. 시간이 흘렀을 때 딸은 미역국을 어떻게 끓여야 하는지 기억이 안 난다고 했다.

내가 만든 음식을 맛있다고 칭찬하는 사람이 많아지자 어깨가 으쓱했다. 그저 인사말인지 몰라도 상관없었다. "칭찬은 고래도 춤추게 한다"라는 말이 있는데, 나도 춤추게 만들었다. 요리는 나의 장점이 되었다. 미각은 늘 생생하게 살아 있었다.

시부모님에게 꽃게 요리를 해드리기도 했다. 시부모님은 경상도에 살아서 그런지 꽃게를 처음 먹는다고 하셨다. 꽃게를 간장에 조리거나 탕을 해드렸는데, 특히 시어머님이 무척 좋아하셨다.

추석에는 산에 가서 솔잎을 따다가 송편을 쪘다. 송편에 참기름 바르고 식혀서 먹으면 쫀득했다. 솔잎 향과 더불어 담백했고, 참깨가 씹히면 고소했다.

중학교 시절 김장철에 만든 무생채가 생각난다. 무생채는 시간이 지나면 곰삭은 맛이 나면서 매콤해진다. 그 맛을 지금도 잊을 수 없다. 푹 익은 무생채와 소고기 넣어 볶은 고추장은 친구들에게 최고의 인기를 끈 도시락 반찬이었다. 엄마는 항상 밥 위에 계란을 하나씩 부쳐서 싸주었다. 도시락에 서로 무생채를 얹어 비벼 먹으려고 숟가락 전쟁이 나기도 했었다. 겨울이면 장작을 때는 교실 난로에 얹은 도시락을 얹어놓았던 기억도 생생하다. 이따금 밥이 타기도 했는데, 밥 타는 냄새마저 향기로웠다. 학창 시절 가장 정확한 시계는 스위스제 고급 시계가 아니라 배꼽시계였다. 배꼽시계가 늘 같은 시각에 어김없이 울리는 바람에 나는 종 치기만을 기다렸다. 그 기다림도 정겹다.

학창 시절의 무생채 맛이 그리워 몇 번 시도해봤다. 하지만 실패로 끝났다. 엄마만의 손맛이었나보다. 음식 맛은 '기억'이라고 생각한다. 어린 시절 자주 먹던 음식의 맛을 뇌가 기억하는 것 같다는 생각이 든다. 그 기억을 우리 모두가 잘 간직해갔으면 하는 바람이다. 미래에는 알약만 먹으면 살 수 있다는 이야기도 나오는데, 과연 먹는 즐거움을 빼면 낙이 있을까? 그런 시대가 정말 오기는 올까?

세상이 빨리 변한다 해도 우리 후손에게 전통적인 것은 계승하면 좋겠다는 생각을 해본다. 그중 하나가 우리 고유의 음식이다. 나에게 첫 번째 후손은 가족이다. 나는 가족이 있어서 즐겁게 요리하고 있다.

전통음식과 함께한
특별한 이벤트

폐백을 배우게 된 동기는 딸이다. 현대백화점 문화센터 요리 강습 과목 중 초급 폐백반 모집 공고를 보았는데, 딸이 시집갈 때 직접 해 주어야겠다는 마음에 신청했다.

하지만 초급반 수업 시간에 몇 번 배운 것만으로 할 수 없었다. 중급반은 신청 인원이 없어 폐강이 되었다. 더 배우고 싶으면 선생님 집으로 오면 된다고 했다. 다른 수강생 한 명과 같이 선생님 집에 가서 배우기 시작했다.

돈도 조금 들었다. 연습 도구와 재료가 필요했다. 식품건조기로 육포나 과일을 말리면 좋다 해서 그것도 한 대 장만했다. 요즘에는 홈쇼핑이나 인터넷에서 식품건조기를 쉽게 구할 수 있지만 당시에는 구하기 어려웠다. 입말로 '물 건너 온 것'을 샀다.

오징어로 꽃을 오리는 방법을 배웠다. 장미, 국화, 달리아 등을 오렸다. 학도 오리고 나비도 오렸다. 그렇게 오린 오징어를 찐 닭 위에 올려 장식하니 화려하고 색달랐다. 오징어 다리로는 나뭇잎 오리기도 했다.

수박 조각하는 방법도 배웠다. 남들보다 예쁘게 조각하지는 못했지만 수업에는 빠지지 않고 꾸준히 다녔다. 조각도 손재주가 필요한 것 같았다. 여럿이 같이 배웠지만 솜씨는 조금씩 차이가 났다.

구절판에 들어가는 유자정과, 금귤정과, 약과, 인삼정과, 강정 등 여러 가지를 배웠다. 인삼정과는 인삼을 사다가 깨끗이 씻어서 물엿과 설탕을 넣어 끓였다 식히기를 9번 한다. 정성이 많이 들어간다. 신세계 같았다. 궁중음식이라 손은 많이 갔지만 생소하기에 열심히 익혔다.

금귤이 나오는 철에는 제때 구입한다. 금귤의 씨를 빼고 설탕에 살짝 재워 설탕물에 끓이면 정과가 된다. 약과는 밀가루에 소주를 넣어 반죽해서 튀기고 조청에 담그면 된다. 육포는 소고기에 양념해서 말린다.

모르는 것을 하나씩 알아가는 달콤한 시간이었다. 배우러 오고 가는 것에도 꽤 설렘이 있었다. 배움터까지 50분 정도를 가는데, 가는 길에 산도 보이고 도롯가의 꽃도 보였다. 봄에는 나뭇가지에 하나둘 새순이 돋았다. 봄바람은 덩실덩실 춤을 추며 다가왔다. 계절이 피부로 다가왔으니 어찌 설레지 않을 수 있겠는가!

특별한 이벤트도 있었다. 선생님과 여섯 명의 수강생이 힘을 모아 음식박람회에 참가한 것이다. 코엑스에서 열린 음식박람회에 우리 팀은 부스를 마련해 전통음식을 출품했다. 전통혼례 음식, 백일상, 돌상, 폐백, 회갑상 등을 출품해 상을 받았다.

박람회 준비 과정은 꽤 힘들었다. 여섯 명이 모여 작품회의도 하고, 디스플레이 할 재료도 샀다. 오징어도 오리고, 대추 고임도 하고, 구절판이며 나머지 작품도 시간 나는 대로 모여서 준비했다. 음식을 제대로 살리기 위해 독특한 문양의 그릇들을 마련했다. 그 그릇들에 분주하게 방부제를 입혔다. 며칠 동안 전시하려면 음식이 부패하는 것을 막아야 하므로 어쩔 수 없었다.

과정은 쉽지 않았지만,
많은 보람을 선물해준 박람회였다.
나에게는 감개무량하게도
새로운 개인사, 역사가
생긴 것이다.
힘들어도 도전해야
새로운 인생이 열리고
역사가 남는다.

이와 같이 평생 해보기 힘든 경험을 했다. 각각의 취향이 달라 의견충돌도 있었지만, 함께 어울려 이야기보따리를 풀면서 준비하니 몸은 힘들어도 마음은 가뿐했다. 시간도 잘 갔다.

박람회 때는 정말 열심히 뛰었다. 손님들에게 설명도 하고, 가족이 오면 구경도 시키고, 다른 사람의 출품작도 연구하느라 정신이 없었다. 과정은 쉽지 않았지만, 많은 보람을 선물해준 박람회였다. 나에게는 감개무량하게도 새로운 개인사, 역사가 생긴 것이다. 힘들어도 도전해야 새로운 인생이 열리고 역사가 남는다. 언젠가 코엑스에서 열린 건축박람회에 간 적이 있었다. 15년 전, 음식박람회의 추억이 자연스레 떠올랐다. 나는 아름다운 추억 여행을 하면서 건축박람회를 구경했다.

폐백 수업이 끝나고 떡 수업도 신청했다. 떡을 집에서 만들어 먹을 수 있게 찜통도 장만했다. 떡 수업은 일주일에 한 번씩 다녔다. 수업에 쓸 쌀가루는 선생님이 준비했다. 쌀가루에 물을 넣고 비벼서 체에 두 번 내린 후 찜통에 올려 25분 찌면 뜨거운 떡이 나온다. 그 과정이 무척 신기했다. 한 조각 맛보는 쾌감도 누렸다. 떡의 재료는 매주 달리했다. 단호박을 쪄서 쌀과 섞거나, 호두와 해바라기 씨 같은 각종 견과류를 넣기도 했다. 도토리가루를 넣은 적도 있다. 한번은 찹쌀을 가루를 내어서 떡을 찐 후에 견과류와 밤을 넣어서 먹었는데, 둘이 먹다 하나 죽어도 모를 만큼 맛이 있었다. 두텁떡, 구름떡, 영양

떡, 호박떡 등 많은 것을 배웠다.

배워서 떡집을 하려고 했던 생각은 없었다. 무던한 성격 때문일까. 그냥 배우는 것이 좋았다. 그래서 거창한 목표 없이 즐기면서 배웠다. 아이들 학교 가고 나면, 부리나케 청소와 설거지를 해치우고 수업 받으러 갔다. 내가 학교에 미련이 있어서 그런지 배움터를 향해 발을 부지런히 움직여도 피곤한 줄 몰랐다. 모르는 것을 하나씩 알아가는 재미가 발걸음을 가볍게 만든 것 같다.

제빵도 배웠다. 한동안은 빵을 많이도 만들었다. 빵틀이며 재료값이 만만치 않았으나 아들딸에게 간식을 직접 해줄 수 있어서 즐겁게 빵을 구웠다. 버터 향 가득 품은 빵 냄새, 침샘을 자극하는 그 냄새도 즐거웠다.

그 시절의 빵 만들기를 되새기면 나도 자식 사랑을 제법 실천했다고 생각한다. 세계 최고의 모성애를 가진 우리나라 엄마들은 먹을 것이 있으면 자식 입에 먼저 넣는다. 옛날 엄마들은 한 술 더 떠 자식을 배불리 먹게 한 뒤 남은 것을 먹었다. 우리 엄마도 그랬다. 음식을 제대로 먹는 모습을 못 봤다. 밥이 쉬었는데도 버리면 죄 받는다며 찬물에 씻어 먹었다. 그런 모습이 싫었던 나는 쉰밥 버리고 엄마도 잘 먹으며 살라고 소리치기도 했었다. 내가 내 아이들에게 빵을 먹인 만큼 엄마를 대접하지 못한 것이 한스럽다.

몇 년 전에는 앙금플라워 떡 케이크도 배웠다. 떡 위에 앙금을 틀로 짜서 장미꽃이며 작약, 국화꽃 등을 만들어 장식하면 예쁘고 먹음직스러운 떡 케이크가 완성된다. 문제는 앙금 짜는 것이 생각만큼 쉽지 않다는 사실이다. 나는 손 힘이 약해서 꽃 모양을 내는 데 무척 애를 먹었다. 원하는 만큼 예쁜 꽃 모양이 안 나왔다.

그래도 손수 만든 떡 케이크를 손주들 백일과 돌상에 올리는 성과를 냈다. 정성 가득한 음식을 만들어줄 수 있어서 할머니로서 참 뿌듯했다. 배운 보람을 느꼈다.

배운다는 것은 참 행복한 일이다. 배울 수 있는 건강이 있다는 것은 참 감사한 일이다. 그러므로 나는 행복하게 또 감사하며 살아가고 있다.

드디어 개업식 그리고 수업료

오십대가 되니 시간이 많아지고 마음의 변화가 왔다. 문득 더 나이 먹으면 아무것도 못할 것 같은 생각이 들었다. 그 무렵 아파트 앞 상가 1층에 20평대 점포가 분양이 안 된 채 비어 있었다. 남편에게 상가 담보 대출이 70퍼센트 지원되니 상가를 사자고 말했다. 빵집을 열고 싶었다. 5층 건물인데, 그 당시 분양가가 비싼 편이라 점포 2개가 미분양 상태였다. 병원도 있고, 지하에는 목욕탕도 있어서 빵집을 열면 잘될 것 같았다.

그런데 남편이 반대하고 나섰다. 빵집 하는 지인에게 물어봤더니, 그 점포는 빵집 하기에는 좁다고 했단다. 빵집은 넓은 데서 해야 한다고 했단다. 화가 머리끝까지 났다.

"내 말은 안 듣고 왜 남의 말만 들어?"

그러나 남편은 끝내 내 말을 듣지 않았다. 별 도리가 없었다. 내 수중에는 돈이 없으니. 생활비도 신용카드로 받고, 통장은 남편이 관리하는 처지이니.

물론 빵집을 덜컥 낼 만큼 집안 형편이 넉넉했던 것은 아니었다. 나와 아이들이 지출하는 것도 많다고 생각해서 절약하며 살았었다. 겨우 밥 먹고 조금 여유 있게 살았지만 큰돈은 없었다. 그래도 남편에게 서운한 감정이 드는 것은 어쩔 수 없었다.

그렇게 포기하며 살다가 어느 날 생각이 달라졌다. 집에서 폐백을 주문 받아 팔기로 마음먹었다. 선생님에게 오징어로 폐백닭을 얼마 받고 했나 물었다. 70만 원 받았다고 했다. 구절판 대추고임 오징어 닭이 기본이고, 육포나 곶감, 인삼정과 등은 별도로 돈을 받으면 된다고 했다.

나는 용기를 내서 시작했다. 좋은 재료를 썼다. 정과도 직접 만드는 등 정성을 다했다. 밤도 좋은 것으로 채웠다.

40만 원에 팔기로 했다. 하지만 지인들이 주문하다 보니 35만 원까지 내렸다. 한 달에 한두 개 정도 주문을 받았다. 이것으로는 부족했다. 시간이 지나면 나아지겠지 생각했다. 하지만 시간이 지나도 나아질 기미가 안 보였다. 어디 광고를 낼 입장도 아니니, 집에서만 해서는 도저히 수익을 낼 수 없었다. 다른 방법을 생각해야 했다.

서울 갈 때면 떡 카페에서 차를 먹었던 좋은 기억이 있었다. 그 기억을 살려 떡 카페를 열기로 마음먹었다. 사는 곳에서 가까운 곳 3층, 24평 점포를 월세 120만 원에 계약했다. 지금 생각해도 무모하기 짝이 없었다. 사전 조사도 안 했고, 남편과 상의도 안 했다. 나는 계약한 뒤 남편에게 일방적으로 통보했다. 까먹어도 인테리어 비용 정도라며 남편을 회유했다.

드디어 개업식을 했다. 오빠, 사촌언니, 친구들 및 여러 지인들이 와서 축하해주었다. 이웃들도 찾아와주었다. 점포 안에 시끌벅적 웃음꽃이 피니, 이 상황이 믿기지 않았다. 잘해낼 수 있을지, 손님은 올지, 별의별 걱정을 다 했다.

경제적인 형편상 떡 기술자 쓰는 게 무리였다. 혼자 하면 인건비도 안 드니 이익이라 생각했다. 폐백도 같이 팔면 수익이 많이 날 것이라 예상했다. 하지만 생각대로, 예상대로 되지 않았다. 장사는 만만치 않았다. 다른 가게에서 일도 해보며 공부하지 않은 것이 후회됐다. 그래도 열심히, 부지런히 일했다. 직접 수제 차를 만들었고, 인사동 차 전문점에서 좋은 녹차와 보이차도 구입했다. 그곳 사장님이 인심이 좋아서 도움도 많이 받았다. 각박한 세상에 좋은 사람도 많다는 것을 새삼 깨달았다.

아침부터 밤 10시까지 영업했다. 친구가 일주일에 2번 나와 아침부터 오후 5시까지 도와주었고, 나머지는 내가 몸으로 때웠다. 대추차와 쌍화탕, 십전대보탕이 특히 인기가 많았다. 겨울에는 보이차, 우롱차 녹차가 많이 팔렸다. 겨울에는 친목 모임도 많아서인지 그런대로 돈을 만졌다. 하지만 전체적으로 계절을 많이 탔다. 봄과 가을에는 현상 유지도 빠듯했다. 집세, 부가세, 전기세 등 고정적으로 빠져나가는 돈을 제외하면 약간의 수고비만 나왔다.

폐백을 같이 했지만 주문은 많지 않았다. 닭을 두 마리 했다가 한 마리로 줄이며 가격도 30만 원으로 내렸지만 원하는 만큼 주문이 들어오지 않았다.

결국 나는 2년여 만에 실패했다. 보증금 2천만 원을 돌려받으며 앞으로는 절대 가게를 안 하겠다고 다짐했다. 좋은 인생 경험을 했지만 수업료가 너무 비쌌다. 나중에야 깨달았다. 여러 갈래의 길 중에서 좁은 길을 선택했다는 것을. 넓은 눈으로 보고 판단을 잘해야 살아남을 수 있다는 것을.

박리다매를 했더라면 어떠했을까? 그때는 그런 생각을 못했다. 좋은 재료 쓰고, 서울보다 가격도 싸다는 생각이 강해서였다. 내가 힘들게 배운 탓도 있다. 힘들게 배운 노하우를 박리다매로 처분하고 싶지는 않았던 것 같다. 여하튼 이 순간 '박리다매' 네 글자를 안주 삼아 곱씹어본다. 그때 광고를 대대적으로 할 만큼 넉넉하지도 않았던 터라 더더욱 박리다매에 대한 아쉬움이 남는다.

떡 카페를 하면서 배운 것 중 한 가지는 여러 부류의 사람이 있다는 사실이었다. 좋은 사람도, 그렇지 않은 사람도 있었다. 내가 너무 순진했었다. 순진해서 좋은 사람만 있을 줄 알았다. 그래도 가게 안은 사람 냄새로 그득했다. 친목회도 열었고, 친구들과 모임도 가졌다. 맞선 장소로도 활용했다.

세상에 공짜는 없다. 나는 어마어마한 수업료를 치르고 세상을 보는 눈을, 사람을 보는 눈을 얻었다. 일을 할 수 있다는 것이 삶의 보람이고 희망이라는 사실도 깨달았다. 쉬운 삶은 없다. 끊임없이 부지런히 걸으며 사는 수밖에 없다.

세상에 공짜는 없다.
나는 어마어마한 수업료를 치르고
세상을 보는 눈을, 사람을 보는 눈을 얻었다.
일을 할 수 있다는 것이 삶의 보람이고
희망이라는 사실도 깨달았다.
쉬운 삶은 없다.
끊임없이 부지런히 걸으며 사는 수밖에 없다.

호박은 달렸을까?

로마는 하루아침에 이루어지지 않았다. 그런데 나는 가게를 하겠다고 뛰어들면서 단숨에 로마를 이루려고 했는지도 모르겠다. 어디서 그런 자신감이 나왔는지 모르겠다. 정말 자신감만 있었다. 그 배경은 음식 솜씨였던 것 같다. 음식을 전혀 못했다면 엄두도 못 냈을 텐데, 여러 가지 음식을 배운 덕분에 용기백배였던 모양이다. 되돌아보면 그 시절의 경험은 모두가 요긴한 약이 되었지만, 당시에는 정말 날 힘들게 했던 병이었다.

그 병을 앓고 난 후 튼튼해졌다. 유튜브에 요리한 것을 업로드까지 하게 되었으니 말이다. 이런 날이 올 줄 그때는 상상도 못했다. 긴 터널을 끈질기게 지나왔더니 빛이란 선물이 따라왔다. 그 빛은 행복이다.

8년 전부터 주말 농장을 시작했다. 첫해에는 고구마와 고추를 심었다. 그런데 흙을 매립해서인지 잘 안 되었다. 다 농사 경험이 없는 탓이었다. 흙도 생흙을 쓴 게 잘못이었다.

다음 해부터는 땅콩도 심고 도라지와 더덕 씨앗도 뿌렸다. 그렇지만 방법이 틀렸는지, 깊이 심었는지 싹조차 올라오지 않았다. 주말에 경조사 같은 특별한 일이 없으면 꾸준히 밭을 찾았지만 수확은 없었다. 농사를 짓고부터는 주말에 여행하는 것도 줄였는데, 내 맘처럼 자라주지 않는 곡식들이 야속하기만 했다.

"할 것 없으면 농사나 지어 먹으며 살지."

지난날 동네 어른들이 버릇처럼 했던 말이 기억났다. 그러나 농사를 지어 보니 이 말대로 해서는 결코 농사에 성공할 수 없다는 것을 깨달았다. 농사도 인생의 축소판이었다. '농사나' 지었다가는 쫄딱 망하기 십상이다.

곡식들은 농부의 발자국소리를 듣고 큰다는 말이 맞는 듯했다. 농사도 다 때가 있었다. 그 '때'에 더 땀을 흘려야 했다.

농사 이야기를 더 해야겠다. 보통 4월 초부터가 제일 바쁜 철이다. 이때 나는 상추와 대파 모종을 심고, 중하순에는 고추와 쌈 채소, 땅콩 모종도 심었다. 땅콩은 어느 정도 크면 흙으로 덮어주어야 한다. 잎이 무성해졌을 때 나는 '수확을 많이 하겠지?' 하며 내심 기대를 했다. 그런데 막상 캐보니 알맹이가 별로 없었다. 땅콩이 커지라고 거름도 많이 주었는데 말이다.

두더지가 굴을 파고 다 먹어 버렸다. 땅 위에까지 땅콩껍질이 많이 널브러져 있었다. 한번은 밭 가장자리에서 이 땅콩 도둑과 딱 마주쳤다. 쥐처럼 생긴 통통한 짐승이 까만 털을 반짝이고 있었다. 두더지라는 것을 난생처음 보는 것이었는데, 직감으로 알았다. 두더지는 땅콩 주인을 보고 겁을 먹었는지 바짝 얼어 있었다. 막대기로 툭툭 쳐도 빨리 도망을 못 가고 뒤뚱거리며 나아갔다. 내 손에 삽이 들려 있었지만 도저히 죽일 수가 없었다. 마음 약한 나는 도둑을 그냥 풀어주었다. 그러나 두더지는 은혜를 원수로 갚았다. 계속 땅콩을 도둑질해간 것이다. 두더지 없애는 약이 있다고 해서 약을 칠까 하는 마음도 설핏 먹었지만, 그건 아닌 듯했다. 결국 땅콩 농사는 몇 번 시도 끝에 포기해버렸다.

5월이면 고구마와 참깨도 먹을 만큼 심었다. 6월 말에는 들깨를 심었는데, 깻잎도 얻고 들기름도 얻으니 일거양득이었다. 식물들 모두가 고마운 선물을 안겨주었다 .

고추 농사에는 좋은 팁이 있다. 먼저 동사무소에서 구할 수 있는 EM용액을 마늘, 소주, 식초, 소금을 넣어서 2주간 발효시킨다. 발효한 것에 용액만큼 물을 섞어 비오고 난 뒤 고추에 뿌려준다. 그러면 탄저병을 제외하고는 여간해서 병에 걸리지 않는다. 마음 놓고 싱싱한 고추를 먹을 수 있는 행복을 누릴 수 있다.

나는 제초제는 쓰지 않았다. 밭 가장자리와 고랑에는 비가 오고 나면 잡풀이 쑥쑥 큰다. 제초제를 안 뿌리니 풀과의 전쟁에서 늘 패배했다. 그래도 제초제를 사용하고 싶은 유혹을 이겨냈다. 제초제를 쓰려면 굳이 농사지을 필요가 없다. 먹고 싶은 농작물을 사서 먹으면 된다.

해가 갈수록 한 가지씩 농작물을 늘려갔다. 그런데 친구들은 농사짓는 것 힘드니 그만 지으라고 말렸다. 지금도 마찬가지다. 워낙 바쁘게 사는 것을 알아서이다. 걱정해주는 친구들이 고마울 따름이다. 사실 나도 몇 번이나 농사를 접을까 고민하기도 했다. 해마다 가을만 되면 '내년에는 고구마와 상추만 심어야지' 한다. 하지만 봄이 돌아오면 다 잊고, 또 여러 가지 씨를 뿌린다.

무공해 농작물을 먹을 수 있다는 것이 포기 못 하는 첫 번째 이유이다. 두 번째 이유는 수확의 기쁨이다.

'다음 주에는 열매가 얼마나 클까? 호박은 달렸을까?'

이와 같은 희망이 열매를 맺었을 때 수확의 기쁨은 말할 수 없이 크다.

농작물들은 고마운 존재이다. 땀방울의 소중함을, 노력해야 얻어지는 진리를 가르쳐준 주인공이기 때문이다. 그 가르침은 식탁을 더욱 풍성하게 만든다.

요즘 일주일에 두 번은 손주를 돌봐준다. 할머니라는 직업이 좋기만 한 것은 아니다. 놀이터나 어린이집에 가보면 할머니나 할아버지가 손주를 돌보는 경우가 꽤 많은데, 대부분 힘들어한다. 자식 부부가 맞벌이하기 때문에 안 봐 줄 수도 없는 상황이다. 이런 점에서 보면 부모의 황금기는 자녀들의 결혼 전이라고 말할 수 있을 것 같다.

인생의 황금기 때에 장거리 여행을 다녀야 한다고 생각한다. 취미 생활도 하고 친구도 만나면서 인생을 누려야 손주를 턱 맡았을 때 후회하지 않는다. 손주들 보기가 아무리 힘들어도 재롱부리는 모습을 보면 예쁘기만 하다. 특히 말이 제법 느는 네 살이 되면 뒤로 넘어가는 경우가 많다. 정말 못 하는 말이 없다.

요즘 젊은 부모들은 교육 방식이 우리 세대와는 사뭇 다르다. 아이들 눈높이에 맞추는 부모가 참 많다.

"이러면 돼", "이거 해"가 아니라 "이러면 어떨까?", "이렇게 해보자" 하며 아이의 자존감을 높인다. 손주를 돌보는 할머니 할아버지들이 배울 점이라 생각한다. 어차피 손주를 맡아야 할 상황이라면 보란 듯이 잘 양육하는 게 좋지 않은가.

문득 노사연의 노래 〈바램(바람)〉의 한 구절이 생각난다.

- 우린 늙어가는 것이 아니라 조금씩 익어가는 겁니다.

'조금씩 익어가는 겁니다'라는 노랫말이 오늘따라 귀에 박힌다. 익어가려면 늙어도 배워야 한다.

정도 많고
사람도 좋아서

정도 많고 사람도 좋아한다. 타고난 성향일까? 아니면 사람들과 대화를 하면서 스트레스를 날릴 수 있어서일까? 꼭 꼬집어 말할 수 없지만 후자에 더 가깝다고 생각한다.

여성회관에서 인연을 맺은 한식 조리사반 동기들. 그들과는 20년이 넘었는데도 두 달에 한 번씩 만난다. 만나서 밥도 먹고 수다도 떤다. 처음에는 9명으로 모임이 시작했는데, 지금은 5명이다. 14년 전 즈음에는 7명이 일본 여행도 다녀왔다. 온천도 가고, 배도 타고, 도쿄와 오사카도 둘러보고, 공원에서 사슴과 사진도 찍었다. 호텔 주변이 도시이면 저녁에 스타벅스에 가서 커피도 마셨다. 가이드 없이 우리끼리 물어물어 찾아낸 스타벅스에서 마시는 커피는 그 향이 특별했다. 타지에서의 자유가 커피 향을 더욱 그윽하게 했을까? 커피 향에 취해서 마셨던 기억이 여전히 생생하다.

유명한 라멘가게도 물어서 찾아갔었다. 맛에 대한 세세한 단어를 모른 탓에 뼛국물에 끓인 라멘과 맛있다고 하는 라멘을 주문해서 먹었다. 지금처럼 스마트폰으로 쉽게 사용할 수 있는 번역기가 없던 시절 맛볼 수 있는 낭만이다.

그 좋은 친구들 중 한 명이 지방으로 이사를 갔다. 다른 한 명은 직장을 먼 곳으로 옮겨야 하는 사정이 생겼다. 그래서 5명이 되었다. 그 5명이 요즘도 만난다. 만나면 이야깃거리가 왜 이리 많은지, 대화가 끝이 없다. 지금도 일본여행 잘 다녀왔다며 추억한다. 700원대 환율에 싸게 구경하고 잘 먹었다며 다시 여행 가자고 한다. 14년 전 일본여행 당시에도 꽃다운 젊음은 아니었지만, 그때 찍은 사진을 보면 일단 주름이 없어서인지 젊음이 느껴진다. 벌써 14년이 흘렀다는 게 믿기지 않는다.

아직 여행을 못 가고 있다. 말만 꺼내놓고 실천을 못 하고 있다. 날짜부터 맞추기가 쉽지 않고, 제각각 사정이 있어서 선뜻 떠나지 못한다. 서로간의 경조사에만 열심히 참석하고 있다. 그러는 사이 약속한 시곗바늘만 쉬지 않고 돌아간다.

초등학교 시절 옆집에 살았던 죽마고우가 있다. 친구는 언니가 없어서인지 언니 있는 친구들을 제일 부러워했다. 놀면서 싸우기도 하고, 미운 정 고운 정이 듬뿍 든 친구다.

그 친구는 성장해서 서울 해방촌이라는 곳으로 이사를 갔다. 하루는 이사 간 친구네 집에 놀러갔다가 같이 잤다. 새벽에 남산에 올라한 바퀴 돌고 오기도 했다. 새벽의 남산 길은 낭만 그 자체였다. 새벽 공기도 물기를 머금은 채 우리를 반겨 주었다. 삭막한 도시를 벗어난 산책길은 눈을 호강시켜 주고 마음을 풍요롭게 만들었다. 풀과 나무의 향기가 향수처럼 내 코를 자극했다. 새벽에 나와 운동하는 사람들도 많았다. 활력이 넘치는 남산의 모습이 멋있게 다가왔다.

결혼 전에는 친구와 이태원도 돌아다녔다. 롯데호텔 커피숍에서 만나 고급스러운 바나나 아이스크림을 먹고 비싼 커피를 마신 적도 몇 번 있다. 다른 친구와 함께 청계천 부근에서 선지해장국을 먹은 기억도 있다. 나팔바지를 입고 종각과 명동거리를 쓸며 다니기도 했다. 그렇게 약간의 사치와 젊음을 누렸다.

결혼 후에도 시간 나면 제일 많이 만난 벗이기도 하다. 친구에게도 본인이 결혼한 후에 제일 많이 만난 벗이 바로 나다. 한 가정의 주부가 된 친구는 미용을 배워서 미용실을 차렸다. 둘 다 주부의 신분을 가진 채 나는 공장에서, 친구는 미용실에서 열심히 일했다. 그러면서 전화통화를 하며 수다를 떨고, 만나서 또 수다를 떨며 스트레스를 풀었다. 친구에게 파마를 맡기기도 했다.

그 친구는 그야말로 속속들이 나를 아는 친구였다. 나는 친구를 믿고 의지해서 내 속을 많이 풀어놓았다. 허심탄회하게 마음속 응어리들을 꺼냈다. 그것들은 받아준 친구가 고맙다. 이런 친구가 있음에 지금도 감사하며 살고 있다. 우정도 노력이라 생각한다. 서로 배려하고 인내해야 아름다운 우정이 영근다. 나도, 친구도 우리의 우정을 위해 많은 노력을 했다고 믿는다. 친구는 나에게 쉴 수 있는 나무 그늘이다. 나도 친구에게 시원한 그늘이 되어주고 싶다.

중학교 시절 친구들과는 두 달에 한 번씩 저녁에 만나고 있다. 만나면 맛있는 저녁을 먹고, 차를 마시며 그동안 살아온 이야기를 늘어놓는다. 직장에 다니는 친구는 회사가 어렵다며 걱정한다. 파출부 센터 사장인 친구는 요즈음 사람을 잘 안 쓴다며 한숨을 쉰다. 인건비 상승도 한몫했다는 평가도 내놓는다.

"걱정이야. 우리나라가 살기 좋은 나라가 되어서 젊은이들이 취업도 잘되면 좋겠어."

아줌마들은 이렇게 나라 걱정도 한다.

"아들이 장가 갈 때가 한참 지났는데, 갈 생각을 안 해."

자식 걱정은 당연하다.

이렇게 수다를 떨다 보면 마음의 짐이 하나씩 떨어져 나가기도 한다. 수다를 나눌 수 있는 친구가 있다는 건 정말 행복하고 감사한 일이다. 나이 먹을수록 더욱 그 행복과 감사가 더해진다.

인천으로 이사 가서 아파트에 살던 시절. 그때 사귄 구역 식구들 5명과는 지금까지도 연을 이어가고 있다. 사는 곳이 저마다 달라졌는데도 한 달에 한 번씩 꾸준히 만난다. 신앙생활을 하며 봉사 활동을 하며 만남을 지속한 것이 정을 쌓는 데 큰 도움이 된 것 같다.

다만 5명 중 한 명만은 여간해서 안 만나진다. 안 만나는 게 아니라 말 그대로 '안 만나지는' 것이다. 그 한 명이란 친한 동생인데, 이사를 가고 나서는 만남이 잘 이루어지지 않았다. 자꾸 이유가 생겼다. 그만큼 사는 게 바쁘고 삶의 무게가 커서인지도 모르겠다. 그래서 더욱 친구가 귀하고 만남이 소중하게 여겨진다.

구역 식구들과는 중국도 가고, 일본도 가고, 성지도 가고, 공원도 갔다. 그렇게 부지런히 다니며 친목을 쌓아 왔다. 몇 년 전 일본 북해도를 갔을 때가 떠오른다. 온천에서 목욕을 할 때였다. 옆에 앉은 일본 할머니가 옆 사람에게 물이 튈까봐 조심한다.

"스미마셍."

굳이 안 해도 되는데 양해까지 구한다. 남을 배려하는 마음이 깊게 밴 할머니라는 생각이 들었다. 그 모습에 꾸밈이 없어 보였다. 사람마다 생각이 다를 수 있겠지만, 그 할머니의 태도는 우리가 배워야 할 점이라고 본다. 그렇게 배려하며 어울리면, 모두의 일상이 행복해질 거라 믿는다.

성당 모임도 있다. 매달 만난다. 그이들과는 연말에 체육관에서 하는 콘서트에도 갔었다. 콘서트장은 나이 먹고 혼자 가기 쉽지 않은 곳인데, 함께여서 가능했다. 공감대로 묶인 사람들이라 가능했다. 여럿이 움직이려면 사실 날짜 잡는 것부터가 협의 사항이자 갈등 요인이다. 노력이 필요한 일이다. 성당 모임에서는 이 노력이 크지 않다. 그

만큼 마음이 잘 맞고 배려할 줄 아는 사람들이기 때문이다

구성원 중 한 명의 남편이 제주도에서 사업을 하게 되었다. 덕분에 제주도 여행을 편하고 저렴하게 다녀올 수 있었다. 마라도에서 짜장면도 먹고, 시장에서 갈치를 사다 조림도 해먹으며 추억을 남겼다. 이 저렴한 제주도 여행은 모두가 더욱 가까워지는 계기가 되었다.

한 달에 한 번이지만 모임 사람들이 힘을 모아 사회복지관에 가서 설거지 봉사도 했었다. 거동이 불편한 분들에게 나누어주는 도시락 통을 설거지하는 일이다. 스텐밥통에 반찬통에, 밥솥이며 식기며 설거지 양이 산더미 같았다. 그 산더미를 싹 해치우면 마음이 봄처럼 따스해졌다. 함께 일한 사람들 모두가 마찬가지였다.

고등학교 시절 친구들은 자주는 못 만난다. 시간 날 때 한 번씩 만났다. 얼마 전 한 친구가 카카오톡을 남겼다.

> 얼마 전에 먼저 하늘나라로 간 친구가 보고 싶은데, 볼 수가 없네. 우리라도 볼 수 있을 때 보고 살자.

뭉클했다. 친구란 존재는 늘 뭉클하다.

인생 여행이 언제 끝날지 모르겠지만 마지막까지 열심히 노력하며 사는 수밖에 없다. 열심히 만나고 어울리며 사는 것이 행복이다.

부족함이 많은 나와 더불어 시간 열차에 동행해주는 친구들이 고

맙다. 세상 끝나는 날까지 모두 건강하게 달려가기를 기도한다.

친구란 존재는 늘 뭉클하다.
인생 여행이 언제 끝날지 모르겠지만
마지막까지 열심히 노력하며 사는 수밖에 없다.
열심히 만나고 어울리며 사는 것이 행복이다.
부족함이 많은 나와 더불어 시간 열차에 동행해주는 친구들이 고맙다.
세상 끝나는 날까지 모두 건강하게 달려가기를 기도한다.

도전하는 내게
세상은 아름답다

배움에는 끝이 없다.

살면서 흔히 듣는 말이다.

오래전 야외 미사를 갔을 때였다. 각자 도시락을 싸 왔는데, 한 자매가 멸치볶음에다 견과류를 넣어서 가져 왔다. 나뿐만 아니라 모두가 맛있다고 칭찬했다. 나를 비롯해 여러 사람이 요리법을 물어보았다.

"멸치를 볶기 전에 마요네즈에 비벼서 볶아요. 그러면 멸치가 부드러워져요. 다음에 견과류 넣어서 마무리하면 돼요."

이때 다른 사람이 한마디 거들었다.

"기름 안 넣고 살짝 볶으면 비린내가 안 나요."

그러자 다들 한마디씩 했다.

"역시 죽을 때까지 배워야 된다니까."

속으로 맞장구를 쳤다. 학교 공부가 전부는 아니다. 멸치 볶음도 배워야 한다. 무엇이든 배워야 한다. 그러면 삶은 풍요로워진다.

마음만 먹으면 무엇이든, 얼마든지 배울 수 있는 시대이다. 텔레비전, 블로그, 유튜브 등 배움의 창구가 무척 많다. 그만큼 세상이 발전하고 넓어졌다. 살림살이 정리 정돈하는 법 같은 생활의 지혜도 배울 수 있다. 과거에는 부모님 하는 것을 보고 따라 하는 게 전부였는데 말이다.

손주들이 조금 크니까 시간적으로 여유가 생겼다. 그 여유를 앙금케이크 배우는 데 썼다. 유튜브 업로드 과정과 자서전 오디오북 프로그램에도 투자했다. 배우면서 무언가를 알아가는 재미는 나에게 있어 인생의 우선순위이다. 그 재미를 결코 잃을 수 없다.

예전에는 수영도 배웠다. 처음에는 물에 뜨는 것조차 무서웠는데, 차츰 발차기가 늘면서 자유형, 배영, 평영까지 배웠다. 물에서 발차기로 자유롭게 나아갈 수 있는 것이 수영의 매력이었다. 특히 평영이 제일 쉬웠다. 재미도 있었다. 영법 중에 본인에게 잘 맞는 영법이 있는데, 나에게는 그것이 평영이었다. 발로 물을 모아 쭉쭉 밀어주며 앞으로 나가는 것이 참 재미있었다. 개구리처럼 시원하게 잘 나갔다.

다른 영법은 그다지 잘하지 못했다. '내일이면 잘되겠지' 하는 희망으로 수영장에 오지만 내일이 되어도 생각만큼 늘지가 않았다. 그래도 항상 더 나은 내일을 기대하며 수영을 배웠다. 그것이 수영을 배우며 얻은 점이다.

본래 운동 신경이 무딘 편이다. 잠시 골프도 배웠었는데, 그러다 무딘 운동 신경만 확인했다. 1년 회원권을 끊었다. 그 대가로 골프장에서는 골프채를 무료로 주었다. 시간 날 때마다 가서 연습을 했다. 라운딩 가격이 수도권은 비싸다. 그래서 지방으로 1년에 몇 번 다녔다. 그것도 주중 가장 가격이 싼 월요일에만 갔다. 운동 신경도 없는 주제에 라운딩마저 자주 안 가니 실력이 늘지 않았다. 타수도 안 나오는데 허리 디스크만 생겼다. 병원에 갔더니 의사가 그랬다.

"골프 그만두셔야겠어요."

디스크까지 얻은 마당에 골프를 고집할 이유가 없었다. 미련 없이 그길로 골프를 접었다. 그래도 골프를 배웠다는 것 자체에 후회는 없었다.

배움은 늘 가슴을 설레게 한다. 이제 자서전과 유튜브에도 도전했으니 배울 게 참 많다. 도전에 성공하려면 배우는 길뿐이다. 앞으로도 나는 무언가를 끊임없이 배울 것이다. 내 마음속에서 배움의 갈증은 도무지 풀리지 않는다. 또 다른 오아시스를 그리며 배움의 길을 나설 것이다.

새로운 작물을 심는 것은 도전이다. 2019년, 처음으로 작두콩 모종을 2개 사서 심었다. 순천에서 열린 정원 박람회에 갔을 때 비염에 좋다는 작두콩차를 마셨는데, 마음에 들어서 사왔다. 집에서 끓여 마셔도 맛이 좋았고, 정말 비염에도 효과가 있었다. 감기에 자주 걸리는 손주들에게도 효과가 있었다.

내가 심은 작두콩 모종이 쑥쑥 자라 작두콩이 달렸다. 주말농장에 갈 때마다 길어지고 통통해졌다. 신기하고 기특했다. 어느 정도 통통할 때 따 들였다. 썰어서 말리고 덖었다. 집에서 덖어서인지 뻥튀기 기계보다는 못했지만 그래도 만족스러웠다. 지금 잘 끓여먹고 있다.

장미 한 그루를 심었다. 꽃이 많이 피었다. 내가 키운 핑크색 장미를 꺾어서 집으로 가져왔다. 향이 어찌나 좋은지 향수 뿌려놓은 듯했다. 흙이 주는 선물이었다.

호박도 심었다. 호박꽃이 노랗고 예쁘게 피었다. 호박꽃에게는 미안하지만 호박꽃이라 집에 가져오기가 망설여졌다.

'다음 주에 호박이 열리면 따다가 부침개 해먹어야지.'

이렇게 생각하며 호박꽃을 슬며시 피했다. 그러면서 삶도 다 자기 역할이 있고, 때가 있고, 쓰임도 다른 것이라며 철학적인 체했다.

내년에는 다른 작물을 심어볼까 한다. 산딸기를 심을까 궁리 중이다. 땅콩이나 콩은 새와 두더지 때문에 속앓이를 꽤나 해야 한다. 궁리하면서, 설레면서 내년 봄을 기다리는 중이다.

선생님이 아이들에게 물었다.

"장래에 어떤 사람이 되고 싶나요?"

아이들이 저마다 대답했다.

"대통령이요."

"전 의사요."

"판사가 될래요."

나의 어린 시절 풍경이다. 요즘 아이들에게 꿈을 물으면 종종 이런 대답을 한다고 들었다.

"크리에이터요."

시대에 따라 유행도 다르고 생각도 다르기에 인생의 지표도 달라지기 마련이다. 유튜브가 유행하고 유튜브로 구독자와 만나는 크리에이터가 대세인 시대이다. 그러나 크리에이터로 성공하는 게 보기만큼 쉬운 일은 아니다. 공부해야만 성공한다.

공부를 계속하지 않으면 안 되는 사회다. 공부하지 않는 사람은 뒤처진다. 대기업에 들어가도 정년퇴직을 보장받지 못하는 게 현실이다. 우리 세대들도 느긋하게 뒷짐만 지고 있어서는 세상 살기 힘들다. 육아 공부, 컴퓨터 공부, 건강 공부 등 할 것 천지다. 공부해서 자기계발을 해야 한다. 그래야만 편안한 노후를 보낼 수가 있다.

나는 자기계발을 위해 책을 꾸준히 읽는다. 저자 강연을 많이 갔는데 지식과 교양은 물론 인맥을 쌓는 데도 유리하다. 인맥은 살아가면서 큰 재산이 된다. 나이 먹을수록 실감하게 된다.

사실 계속 도전하는 것이 쉽지만은 않다. 때론 쉬고 싶을 때도 있었다. 배우는 데 쓰는 돈으로 보석이나 살까 망설인 적도 잠시나마 있었다. 여담이지만, 보석에 크게 흔들리지 않은 데에는 내 손가락 덕도 있다. 반지를 끼려면 손가락이 통통해야 예쁜데, 난 가늘고 길어서 반지가 썩 어울리지 않았다.

누구나 자신의 인생을 선택하며 살아가고 있다. 본인을 가장 잘 아는 사람은 당연히 자기 자신일 것이다. 자신을 사랑해주며, 토닥여주며, 칭찬해주며 도전하는 삶을 살기를 바란다. 도전하는 내게 세상은 아름답게 보인다. 여러분은 어떨까 궁금하다.

chapter 2

이제는 내려놓을 때

백세 시대를 사는 지혜

아기를 가졌을 때 동네 할머니 한 분이 내 배부른 모습을 보는 말했다.

"지금이 제일 좋을 때야. 아기가 배 속에 있을 때가 제일 편해."

참 맞는 말이다. 아기 낳기 전이 정말 좋을 때이다. 출산하면 우선 아기 때문에 밤잠부터 설친다. 아기가 아프면 밤도 새워야 한다. 당시엔 응급실도 부족해서 아기들이 열이 나면 밤새 찬 물수건으로 열을 식히곤 했다. 우리 때에는 기저귀도 다 삶아서 써야 했는데, 그것도 고역이었다. 일반 세제는 발진이 생길 수 있어서 빨랫비누를 썼다. 요즘에는 아기 전용 세제가 따로 있지만, 그 시절에는 오줌 기저귀는 물에 담갔다가 헹군 뒤 빨랫비누로 빨아서 삶았다.

지금처럼 건조기도 없었다. 겨울에는 밖에 기저귀를 빨아 널면 물이 떨어지면서 얼었다. 저녁에 그 기저귀를 방으로 가져와 널었고, 그래도 안 마르면 방바닥 아랫목에 깔아서 말렸다. 그렇게 힘들게 살았지만 잘 살았다.

나에게도 나팔바지를 입고 거리를 쓸고 다니던 청춘이 있었다. 직장 생활을 하던 때도 있었다. 임신하고 출산할 때도 있었다. 그런 시절을 거쳐 나는 할머니가 되었다. 내가 선택한 삶을 열심히 살아냈다. 그 결과 나는 행복을 얻었다.

젊은 시절, 트리나 폴러스의 《꽃들에게 희망을》을 감명 깊게 읽었다. 감동이 커서 몇 번을 읽었다. 그림과 함께 쉽고 재미있게 읽을 수 있는 이 작품은 호랑애벌레와 노랑애벌레의 '인생담'이다. 두 애벌레는 나비가 되기까지 만나기도 하고 헤어지기도 하며, 같은 선택을 하기도 다른 선택을 하기도 한다. 여하튼 끝내 '나비'라는 목표를 이룬다.

호랑애벌레와 노랑애벌레처럼, 삶의 길은 각자의 선택이다. 그러나 목표는 결국 '행복'일 것이다. 행복해지는 것이 중요하다.

얼마 전 건강 검진을 받았는데, 콜레스테롤이 조금 높고 운동이 부족하다는 결과를 받았다. 필히 운동을 해야 하지만 쉽지가 않다. 공원을 돌아도 이곳저곳 냄새를 맡아대는 강아지 때문에 걷기 리듬이 깨지기 일쑤다.

70세부터는 덤으로 사는 인생이란 말을 들었다. 곧 일흔을 앞둔 마당이라 몸 관리에 힘쓰고 있다. 하고 싶고, 배우고 싶은 것이 많아 30년은 더 살아야 하므로 몸 관리는 필수다. 그래서 요즘은 손주들 어린이집 등하원 때 걸어서 다닌다. 걸으면 15분 걸린다. 걷고 나면 발걸음이 가벼워져 좋다. 공원도 틈나는 대로 더 돌려고 노력하고 있다.

자식한테 기대서 사는 시대는 진즉 지나갔다. 스스로 챙기며 살아야 한다. 때문에 봉사활동도 하고 취미생활도 갖기를 권한다. 요즘엔 동사무소에도 풍물이나 노래교실, 댄스교실 등 다양한 프로그램이 있다. 주변 사람들이 많이들 배우고 있다. 나도 동사무소에서 한국무용을 8개월 배웠었다. 마음만 먹으면, 조금만 발품을 팔면 삶을 풍성하게 만들 수 있다. 노인 학교를 다니는 것도, 종교생활을 하는 것도 좋다고 생각한다. 중요한 것은 '활동'을 하는 것이다.

나이 들수록 일기라도 써야 한다. 글쓰기에는 치유 효과가 있다. 내면을 마음껏 쏟아내면 해방감이 들고, 그 해방감은 우울증 예방에 도움이 된다고 한다. 또한 글을 쓰면서 생각을 많이 하기 때문에 치매에도 좋다고 한다.

손주들과 생태공원에 갔을 때였다. 생태공원 안 공룡 박물관에서 나이 드신 분들이 아이들에게 설명하며 봉사하고 있었다. 그 모습이 아름답게 보였다. 재능 기부는 모두 아름답지만 노년의 그것은 왠지 더 아름답게 다가온다. 나는 그분들을 보면서 마음먹었다. 나도 재능 기부를 하며 노년을 가꾸어 나가겠다고.

평균수명이 30년쯤 늘어난 시대에 살고 있는 21세기 현대인들은 자기 나이에 0.7을 곱해야 체감 나이가 된다고 한다. 즉 60세이면 체감 나이는 42세, 70세이면 체감 나이는 49세이다. 체감 나이가 실제 나이보다 적은 것에 장단점이 있다고 느낀다. 많든 적든, 중요한 것은 개인의 마음가짐이다.

우리 시어머니는 34년 전에 고혈압으로 돌아가셨다. 육십대 초반, 지금의 내 나이다. 요즘 육십대 초반이면 한창때라는 소리를 듣지만, 그 시절을 생각하면 '할머니'란 생각이 든다. 시어머니가 요즘 세상에 사셨다면 더 젊게 사셨을까? 체감 나이에 맞게, 사십대처럼 사셨을까?

여하튼 수명이 늘어난 이때에 건강한 노후를 보내려면 부지런히 활동해야 한다. 내 주위에서도 베이비시터나 간병인으로 많이들 활동하고 있다. 시간제 근무도 한다. 벌 수 있을 때 벌고 또 저축도 해서 편안한 노후를 준비해야 한다. 나도 자식에게 짐이 되고 싶지 않아 열심히 노력하며 살고 있다. 백 세 시대에는 인생 2막이 있다. 인생 2막을 준비 없이 맞았다가는 불행해지기 십상이다.

돈 관리도 잘해야 된다. 요즘 노인 파산도 늘어가는 추세라 한다. 자식 사업자금 대주느라 불행한 노년을 맞이했다는 말도 들었다. 인생 2막에 돈은 무시할 수 없는 힘이 된다. 아무래도 돈이 없으면 힘이 빠질 수밖에 없다.

아무리 평균수명이 늘어났다지만, 체감 나이는 낮아져 실제 나이보다 젊게 사는 분위기라지만, 육십이 넘으면 몸은 늙어간다. 나부터도 그렇다. 마음으로는 무엇이든 할 수 있을 것 같은데, 몸이 말을 듣지 않는다. 몸이 말을 하고 있다. 작년 다르고 올해 다르다고. 몸이 전하는 그 말이 점점 뼛속까지 와닿는다. 주말에 밭에만 갔다 와도 몸이 신호를 보낸다. 푹 쉬라고.

언제부턴가 몸에 좁쌀처럼 작은 두드러기가 종종 올라온다. 가렵고 살짝 아프다. 약국에서 항바이러스 연고를 사서 자주 발라주었다. 약사는 피곤해서 면역력이 떨어져서 그렇다고 했다. 그러니 쉬라고 했다.

확실히 일이 힘에 부친다. 농기계도 없이 하자니 몸이 금방 지친다. 무리하지 말고 조금씩 하는 수밖에 없다. 그런데 그걸 알면서도 막상 밭에 나가면 몸이 빠르게 움직인다. 쉬는 시간도 없이 일한다. 일단 어두워지면 일을 못하기 때문이다. 아니, 어둠은 핑계일지도 모른다. 사실 욕심 때문인 것 같다. 어두워져서 일을 못하게 되면 그러려니 하면 되는데, 나는 아직 그걸 못한다. 욕심을 버려야 하는데, 나이를 먹어도 욕심을 버리는 것은 쉽지 않다.

항간에 떠도는 이야기로 육십대가 후회하는 10가지가 있다고 한다.

1. 더 많이 저축하라.
2. 아내를 '상전'으로 모셔라.
3. 노년을 함께할 친구를 만나라.
4. 자식과 대화를 많이 하라.
5. 건강을 관리하라. 특히 치아를 소중히 하라.

6. 배움을 멈추지 말라.

7. 평생 할 취미를 만들어라.

8. 일기를 쓰고 취미를 만들어라.

9. 연금과 보험을 들어라.

10. 좀 더 도전하고 여행을 많이 하라.

나 스스로에게 강조하고 싶은 10가지이다. 이 10가지를 이룬다면 노년이, 인생이 참 행복할 것이다.

나는 내 발로 화장실 다니다가 마지막을 맞이하고 싶다. 옛날하고 다르게 자식은 노후 대책이 아니다. 스스로 대책을 설계하며 살아야 한다.

세상에 태어남을 감사하지만 불행한 노년을 보낸다면 여전히 감사할 수 있을지 솔직히 두렵다. 그래서 더 열심히 하려고 한다. 나는 멋지게 인생의 정년을 맞이할 것이다.

오늘이 내 인생에서 제일 젊은 날

오십대 후반부터는 모임에서 여행을 가도 사진을 잘 안 찍으려 했다. 사진을 찍으면 다른 사람 같아서였다. 자주 보는 사람들은 얼굴의 변화를 체감하지 못하겠지만, 사진 속 내 얼굴은 실제 얼굴과 확연이 차이가 났다. 사진은 거짓말을 못 한다. 작년 다르고 올해 다르다는 말이 진리라는 것을 증명한다.

나만 그런 게 아니었다. 한 친구도 사진 찍자 하면 이제 사진 찍기 싫다고 한다. 단체 사진 찍을 때 안 찍으려고 멀찌감치 떨어진다. 빨리 와서 포즈 잡으라고 하면, "찍기 싫다니까!" 하면서 억지로 사진을 찍는다.

한때는 정말 사진 찍기 싫을 때가 있었는데, 지금은 많이 나아졌다. 꽃의 아름다움에, 풍경의 아름다움에 순간 나를 잊고 폼을 잡는다. 이 시점이 지나면 다시는 이 아름다움을 못 볼 것만 같은 조바심 때문일까?

'오늘이 내 인생에서 제일 젊지 않은가!'

사진 찍으며 이렇게 스스로를 북돋는다. 사진 찍는 그 순간이 제일 젊은 날이다!

몇 년에 한 번 앨범을 본다. 사오십대 사진을, 아이들 어릴 때 사진을 보며 되돌릴 수 없는 시간의 미학으로 빠져든다. 아이들이 "엄마, 배고파", "용돈 주세요" 하던 때가 엊그제 같은데, 이제 각자 좋은 짝을 만나 시집 장가 가서 손주들을 낳고 잘 살고 있다.

나의 딸아들이 아이들 키우는 것을 보면서 시대가 달라졌음을 느낀다. 직장에서 일하고 피곤한데도 아이들과 눈높이 맞추며 잘 놀아주는 모습에 존경심마저 우러난다. 며느리는 친정 옆 동으로 이사해서 부모님의 도움으로 직장을 다니고 있다. 내가 손주들을 못 봐주어서 늘 미안하게 생각하고 있다. 잘 살아주어서 고맙고 예쁘기만 하다.

남편은 경상도 사람이다. "밥도.", "자자.", "아는?" 이 세 마디만 하는 사람 중 한 명이다. 남편의 아버지는 엄하고 무서웠다. 그런 아버지 밑에서 자란 탓인지 남편은 아이들에게 사랑 전하는 법을 잘 몰랐다. 속으로만 예뻐했다.

우리 세대의 부모들은 일제강점기와 6·25를 겪으면서 먹고살기에 급급했던 시기를 살았다. 자식들 안 굶기려고 치열하게 살았다. 그래서 살갑게 사랑을 나눌 여유가 없었는지도 모른다. 지금처럼 지식과 정보도 부족한 시대라 사랑을 전하는 방법을 잘 몰랐을지도 모른다. 나의 개인적 생각이지만, 생각하면 아련하다. 그 어렵던 시절에도 친구처럼 소통하고 따뜻하게 사랑을 전하며 살았던 부모도 많았을 것이다. 시대가 편안했다면 더 많았을 텐데…….

친정 엄마가 생각난다. 우리 엄마는 잔소리가 심했다. 어릴 적에는 그런 엄마가 이해되지 않았다. 엄마는 우리가 어려서 세상을 잘 모른다고 생각했다. 그래서 잔소리로써 나름대로 자녀교육을 한 것이다. 우리를 잘 키운다고 착각했던 것이다. 나는 엄마의 이런 착각을 뒤늦게 알았다.

그 옛날 재래시장(지금은 전통시장)이나 지하 쇼핑센터에서 물건을 종종 구매했다. 그곳은 대체로 정찰제가 아니라서 사람 보면서 바가지를 씌우기도 했다. 엄마는 내가 직장생활을 하던 때에도 뭘 사려 하면 늘 따라다녔다. 내가 바가지를 쓸까 봐 걱정된다는 것이 그 이유였다. 그러면서 엄마는 자식을 잘 키우고 있다고 스스로 믿고 있었다.

내가 결혼을 한 뒤에도 엄마의 잔소리는 끊이지 않았다. 밥을 먹을 때도 쉬지 않고 잔소리를 쏟아냈다.

"시부모님에게 잘해야 너희가 복 받는다."

"엄마가 죽어도 신앙생활 열심히 해라."

"착하게 살아. 착해야 복 받아."

이 밖에도 잔소리의 종류는 셀 수 없이 많았다. 엄마는 여전히 자식은 '어려서' 잘 모를 거라 생각했고, 자신이 자식 교육을 잘하고 있다고 착각했다. 그렇게 살다가 가셨다. 지금은 그런 잔소리라도 듣고 싶다. 잔소리는 추억으로 남았다.

요즘 젊은 부모들은 참 바쁘다. 집도 마련해야 하고, 육아도 해야 하고, 열심히 일해야 하고……. 정신없이 살아가는 모습에 측은하기도 하다. 아이들에게 잔소리할 겨를이나 있을까 싶다. 주말에는 키즈카페나 공연장에 아이를 데리고 나오는 부모들로 넘쳐난다. 그런 부모들을 격려하고 싶다. 지금은 힘들겠지만 추억을 많이 쌓아 놓으면 훗날 큰 행복으로 돌아올 것이라 조언하고 싶다.

아이가 유치원만 들어가도 상황이 한결 수월해진다. 아픈 일도 덜하고, 스스로 잘 놀기도 하고, 옷도 스스로 입을 줄 알게 되니 한시름 놓을 수 있다. 이때부터는 쑥쑥 자란다. 그래서 더욱 아이와 함께 추억 만들기에 열을 올려야 한다. 어리고 예쁜 모습은 기억 속에만 남는다. 초등학교 고학년만 되어도 아이들은 부모하고 놀기 싫어한다.

오늘도 아이들과 많은 추억을 만들어가고 있는 젊은 엄마 아빠들에게 박수를 보내고 싶다. 오늘이 가기 전에 부디 열심히 놀고 사진도 펑펑 찍어두기를!

아들이 결혼해서 부모의 품을 떠나면 '장모의 아들'이 된다고들 말한다. 언젠가 친구들끼리 모여 이런 우스갯소리를 나눈 적이 있다.

"해외여행을 장모와 다녀왔다는 소리는 들어도 며느리와 다녀왔다고 소리는 듣기 힘들어."

시어머니가 생각났다. 나 역시 시어머니와 많은 곳을 함께 다니지는 못했다. 어렵게 살던 신혼 시절에는 더더욱 그랬다. 가까운 곳도 자주 못 다녔다. 그런데 지금은 가끔 며느리가 어디 가자고 하면, 나는 그저 고마워하며 따라나섰다. 곧잘 함께 여행가자며 먼저 손을 내밀어주기도 했다. 그 마음씀씀이가 예쁘고 고맙기만 하다.

시어머니는 마냥 인품이 좋으셨다. 싫은 소리 한번 안 하셨다. 당신이 손녀를 돌봐 줄 테니, 서울 가서 친구들 만나고 오라고도 하셨다. 고혈압으로 일찍 세상을 뜨지 않으셨다면, 우리 가정이 잘 사는 모습을 보고 가셨으면 좋았을 텐데, 몹시 아쉬움이 남는다.

무엇이든지 할 수 있을 때 하고 사는 것이 정답인 것 같다. 지금은 손수 운전을 하지만 더 나이 먹으면 못할 것이다. 그러면 강원도를 가고 싶어도, 온천을 가고 싶어도 못 갈 것이다. 자식들에게 선뜻 같이 가자는 말도 못 꺼낼 것 같다. 여든이 되기 전에 열심히 다니려고 한다. 나는 칠십대 후반에 운전면허증도 반납할 생각이다. 다리 힘 있을 때 좀 더 걸어 다니고, 취미 생활도 하련다. 그날 그날 마음을 비우며 살려고 한다.

지인들과 모임을 가지면 밥집이나 커피숍을 간다. 밥집에도, 커피숍에도 칠십대 이상으로 보이는 분들이 꽤 있다. 친구들과 함께하는 노년들도 많다. 어느 날 내가 친구들과 커피숍을 갔을 때도 그랬다. 한 친구가 어르신들을 가리키며 말했다.

"저분들이 우리 미래 모습이야."

멀지 않은 미래다.

커피를 즐기는 노년의 그분들이 멋있게 느껴졌다. 인생에 정해진 규칙이란 없다. 시대에 따라 본인이 적응하며, 즐기며 살면 되는 것 같다. 나는 학창 시절에는 버스비를 아끼려 걸어 다녔고, 그 돈으로 짜장면을 사먹거나 필요한 학용품을 샀다. 어른이 되어서는 저축이 최고인 줄 알고 옷도 잘 안 사 입었다. 그 시절에는 많은 사람들이 그렇게 살았다.

하지만 지금은 달라졌다. 물론 어렵게 사는 사람들도 아직 많지만 절대적 빈곤에서는 훌쩍 벗어난 세상이다. 젊은이들도, 나이 든 사람들도 비싼 커피를 마시는 문화가 자리 잡은 세상이다. 나이 불문하고 외식, 여행, 취미활동 등에 더 가치를 두는 사람들이 많아졌다. 사치는 금물이지만 적당히 즐길 줄 아는 여유도 필요하다고 본다.

누구에게나 오늘은 자신의 인생에서 가장 젊은 날이다. 누리지 않으면 그저 늙어갈 따름이다. 세월에 따라 늙어만 간다면 미래는 어두울 뿐이다. 열심히 살고, 열심히 누리면서 화사한 내일을 맞이하기를 바란다.

계영배처럼 살고 싶은 사람의 자기소개

나는 다른 사람보다 손재주가 뛰어나지 못하다. 유머 감각도 없고, 노래도 못 부른다. 남에게 내세울 만큼 특별히 잘하는 게 없다 해도 지나친 말이 아니다.

특히 노래는 꽝이다. 중학교 때였다. 음악 시간에 노래 실기 시험을 치렀다. 필기와 실기를 합해서 성적을 내기에 잘 불러야 했다. 선생님이 피아노를 치면 한 사람씩 노래를 했는데, 내 차례가 되었다. 딴에는 열심히 불렀다. 그런데 아이들이 막 웃었다.

"미덕이, 다시 한 번 불러 볼래?"

선생님은 왜 내게 기회를 한 번 더 주시려는 걸까? 고마움보다 머쓱함이 더 컸다. 도저히 두 번은 못 부를 것 같았다.

"선생님, 기본 점수만 주세요."

실기 시험은 그렇게 슬픔으로 끝이 났다.

나는 음치보다는 박치에 가깝다. 박자를 못 잡으니 노래에 자신감이 없고, 자신감이 없으니 목소리가 기어들어간다.

그날의 실기 시험 뒤로는 더더욱 남 앞에서 노래를 안 불렀다. 평소 좋아하는 노래가 어디선가 들려도 따라 부르지 않았다. 가만히 듣기만 했다. 나는 노래를 불러도 감정이 안 생겼다. 남들은 감정에 사로잡혀 그럴싸하게 노래를 부르는데, 나는 감정을 못 잡으니 노래가 밋밋했다. 이런 여러 가지 이유로 노래방을 꺼린다. 지인들과 모이면 1차로 밥 먹고, 2차로 노래방을 가는 경우가 많은데 정말 싫었다. 나만 안 간다 할 수 없어서 따라는 갔지만, 재미는 없었다. 노래 잘하는 사람들이 제일 부러웠다.

예전에 백화점에서 노래교실을 다닌 적도 있었다. 조금 나아지기는 했지만 남 앞에서 불러도 될 만큼 늘지는 않았다. 노래 솜씨는 역시 타고나야 한다는 생각이 들었다.

초등학교 시절 어떤 친구는 현모양처가 꿈이었다. 지인 중 한 사람도 현모양처가 되고 싶다고 말했다. 그 지인은 정말로 현모양처로 살았다. 자식 잘 키워 결혼시키고, 남편 내조도 열심히 하는 가운데 취미생활을 즐기며 만족스럽게 살고 있다. 저마다 타고난 재능과 성향은 역시 다른 모양이다. 노래는 나와 맞지 않는 것이다.

그래도 나는 노래교실까지 다니며 노래를 배우려고 했었다. 배움. 나는 그것을 즐기는 사람이다. '배움'은 '도전'이란 말로 바꿔 써도 무방할 것이다. 그러므로 나는 도전하는 사람이다.

"인생에서 3번은 기회가 온다"라는 말이 있다. 나는 이 말에 그다지 동의하지 않는다. 기회는 매 순간 찾아온다고 생각한다. 본인이 과감하게 도전하지 않아서, 그래서 무수한 기회를 놓치는 것일지도 모른다. 도전에는 노력이 뒷받침되어야 한다. 나는 노력 안 하고 쉽게 살려는 사람을 제일 싫어한다. 나는 '인생 한 방'은 없다고 믿는 사람 중 한 명이다.

예능 쪽으로는 재능이 없지만, 미각은 살아 있다. 예전의 특별한 맛을 기억하는 것을 보면 그럴 가능성이 충분하다. 살아 있는 미각 덕분인지 음식을 만드는 것이 즐겁다.

얼마 전부터 먹방(먹는 모습을 보여 주는 방송)이 인기를 누리고 있다. 맛있는 음식을 통해서 스트레스를 날리고 행복을 얻기를 원하는 사람이 많아서일 거라 짐작해본다. 사실 먹는 것을 빼면 사는 재미가 있을까? 삶이 바쁘고 피로한데 잘 먹지도 못하면 정말 이 세상 재미없을 것이다.

누구나 자신이 하고 싶은 일을 할 때는 힘이 덜 들고 재미있는 법이다. 내가 요리를 할 때 그러하다. 게다가 만든 음식이 맛까지 좋으면 흥이 나고 보람차다. 친구들 중에는 집에 혼자 있을 때 밥을 차려 먹기가 귀찮다고 하는 친구들이 있다. 그래서 끼니를 건너뛰기도 한단다. 나는 혼자 있어도 꼭 차려 먹는다. 안 먹으면 배가 고프고 허전하다. 혼자여도 먹는 것이 즐겁다. 맛있는 음식을 먹으면 행복이 느껴진다. 진짜 맛있는 음식을 먹으면 마음이 춤을 춘다.

무슨 일이든 일할 때는 힘든 줄도 모르고 하는 편이다. 밭일도 마찬가지다. 쉬지 않고 작물을 심고, 뽑고, 컴컴해져야 집으로 온다. 집에 오면 힘들어서 뻗는다. 밭이 집과 가까우면 매일매일 알맞게 일할 수 있을 텐데, 거리도 먼 데다 주말에 한 번씩 가니 몰아서 일할 수밖에 없다.

그래도 토요일이 돌아오면 몸이 자동으로 움직인다. 밭에 가려고 주섬주섬 준비하고 있는 나를 발견하게 된다. 원체 부지런한 성격이고 가만히 집에만 있지 못하는 성격이다. 나가서 친구를 만나든 쇼핑을 하든 움직여야 하루를 잘 보낸 듯하다. 살아 있는 느낌이다. 어쩌면 허전함을 잘 느끼는 성격이어서, 그래서 움직이는 것을 좋아하는지도 모르겠다. 마음의 빈 공간을 움직임으로 채우려는 심리가 나에게 존재하는 것 같다. 요리도 그런 움직임 가운데 하나이다.

여하튼 하나씩 채워가면서 성숙해지고 있다. 나이를 먹으면서 조금씩 익어가고 있다.

한번은 성당 모임 사람들과 성지에 다녀온 적이 있었다. 오는 길에 군자 IC를 나와 서행으로 가는데, 1톤 트럭이 내 차를 못 보고 운전석 옆으로 갑자기 훅 끼어들어 왔다. 피할 사이도 없이 트럭이 앞바퀴 옆을 깊게 파고 들어왔다. 그 충격으로 앞 범퍼가 떨어지기 일보직전이었다. 군자 IC 쪽이 사고 다발 지역이라 했다. 막상 나한테 사고가 일어나니 몹시 당황스러웠다. 그래도 일행이 5명이었는데, 아무도 다치지 않은 것에 정말 감사했다.

교통사고가 처음이라 떨리고, 속도 상했다. 하지만 이미 난 사고, 되돌릴 수 없는 일이라는 생각이 들었다. 차도 몇 년 안 탄 것이기에 손해 본다는 느낌도 있었지만 소변이 급해서 끼어들었다는 트럭 기사분에게 아무 소리 안 했다. 일부러 사고를 낸 것은 아니기에 그냥 넘어가기로 했다.

일행 중 한 명이 트럭 기사분에게 말했다.

"우리가 착한 것은 아시죠?"

트럭 기사분이 미안하다며 고개 숙여 인사했다.

나는 일진이 안 좋아서 생긴 사고일 뿐이라며 마음을 정리했다. 역시 나는 긍정적인 마인드의 소유자라는 생각이 들었다.

나는 계산하기를 싫어하는 성격이다. 알몸으로 왔다가 알몸으로 가는 세상, 돈 계산에 얽매일 필요가 있겠는가. 누군가에게 밥 한 번쯤 사며 나누는 인생이 즐거운 인생이라고 생각한다. 실제로 나는 누군가와 나누었을 때 하늘을 한 번 올라갔다 내려온 것처럼 신난다. 그날의 교통사고는 작은 나눔이라 여기고자 한다.

낙엽처럼 아름답게 떨어져 흙으로 돌아가고 싶다는 생각을 해본다. 술을 가득 채우면 술이 새는 계영배처럼, 욕심을 내려놓고 적당하게 살기를 꿈꾼다. 평범하게 노력하는 인생을 살기 원한다.

그래서 나는 요리를 한다. 달큼한 바람처럼, 음식으로 누군가에게 따뜻한 온기를 전하고 싶다.

나라고 못 할 이유는 없다

생각만 하고 실천하지 않으면 허상으로 끝난다. 칼을 꺼냈으면 무라도 베어야 한다고 생각한다.

떡을 배울 때에 지인들이 말렸다.

"힘들게 왜 배워? 떡집 차릴 것도 아닌데."

"그 돈으로 차라리 맛있는 떡 사먹어."

좋아하는 것을 배우는 데도 용기가 필요하다고 생각한다.

떡을 하려면 우선 쌀을 몇 시간 불려야 한다. 쌀이 충분히 불면 방앗간에 가지고 가서 빻고 찔 만큼 물과 섞어 체에 내리고 찜통에 찐다. 찌고 난 후에도 할 일이 많다. 찜통도 닦아야 하고, 베 보자기도 빨아야 하고, 뚜껑에 물 흐르지 말라고 덮었던 면 보자기도 빨아야 한다. 체는 물론이고 쌀을 체에 내릴 때 나오는 볼도 닦아야 한다. 맛있는 떡을 먹기 위해서는 이와 같이 여러 가지 수고를 감내해야 한다.

수고 없이 얻어지는 것은 없다. 그것은 하늘에서 떨어지는 돈벼락이 유일하다고 본다.

무언가 시작하고 저지르지 않으면 당연히 결과도 없다. 용기를 내서 도전해야만 사과나무를 심을 수 있다. 누구에게나 재능은 다 있다. '오늘이 가장 빠른 날'이라 생각하자. 오늘이 지나기 전에 하고 싶었던 일에 용기를 내어 도전하며 살자. 새로운 세상이, 다른 세상이 보일 거라 믿는다.

살아보니, 남이 나보다 나를 잘 알 수는 없었다. 누구나 자신이 살아온 테두리 안에서 충고나 조언을 할 따름이다. 여러 사람한테 물어봐야 명쾌한 답은 나오기 어렵다. 자신을 믿고, 자신에게 의지해 선택하고 행동하는 것이 최선이다.

책을 쓰는 일도 마찬가지다. 내가 책을 쓰기로 결심했을 때 주위 사람들이 그랬다.

"네가 무슨 책을 쓰겠어?"

"출판사에서 책을 내줄까?"

"그 책이 팔릴까?"

물론 책을 안 써본 나를 걱정해주는 목소리였다. 그런데 결과적으로 그 목소리는 내가 결심하는 데 방해가 되었다. 결국 나는 나에 대한 믿음으로 선택하고 결정했다. 여담이지만 정작 책을 출판한 사람들은 책 쓰기를 원하는 사람들에게 이렇게 말해 준다고 들었다.

"누구라도 작가가 될 수 있습니다."

정말 따사로운 말이 아닌가!

내가 결혼하기 전이었다. 지인 중 한 사람이 중매로 남자를 만나 먼저 결혼했다. 신랑은 부잣집 아들이라 건물도 있었다. 신부의 지인들은 세만 받아도 평생 먹고살 걱정 없겠다며 부러워했다. 수북한 패물도 부러움의 대상이었다. 그런데 둘은 몇 년 살다가 헤어졌다. 신부는 도저히 함께 못 살겠어서 그냥 몸만 나왔다고 했다.

신부는 이렇게 하소연했다.

"신랑이 돈이 많아서인지 일도 쉽게 그만두고, 술과 여자까지 좋아해. 오죽하면 내가 그 돈도 더러워서 그냥 뛰쳐나왔겠어."

지금의 젊은 세대가 이 신부에게 공감할 수 있을지 자못 궁금하다. 아무래도 생각의 기준이나 가치관이 그 시절의 젊은 세대와는 다른 면이 많기 때문이다. 당시 그 신부로서는 최선의 선택이었을 것이다. 신부에게 결혼생활은 지옥 그 자체였을 것이다. 그 뒤로는 그 신부와 연락이 끊겨 어떻게 사는지 소식을 듣지 못했다. 본인의 의지대로 선택한 새 삶을 잘 살아내고 있으리라 믿는다.

지금은 마음만 먹으면 무엇이든지 할 수 있는 시대이다. 살면서 축적된 재능을 용기를 내서 노출시키면 된다. 유튜브를 하기 위해 나도 용기를 냈다. 남들도 하는데 나라고 못 할 이유가 없다고 생각했다. 요리하는 과정을 보여주며 따라 할 수 있도록 유튜브에 채널을 만들었다. 그리고 음식을 올렸다. 그 결단력 있는 행동으로 수익도 얻고 기부도 했다. 누구라도 각자의 재능을 살리면 기부를 하면서 돈도 벌 수 있다. 일석이조의 새로운 삶을 누리며 살아갈 수 있다.

요즘은 나이 먹어도 배울 수 있는 곳이 많아서 좋다. 가까운 동사무소에서도 시니어를 위한 교육 프로그램을 많이 운영한다. 시간만 허락되면, 의지만 갖는다면 무엇이든 할 수 있는 좋은 시대에 살고 있다고 생각한다.

"꿈을 품고 뭔가 할 수 있으면 그것을 시작하라! 새로운 일을 시작하는 용기 속에 당신의 천재성과 기적이 모두 숨어 있다."

괴테의 말이다. 맞는 말이다.

원하는 것이 있다면 과감히 자기 자신을 뛰어넘는 용기가 필요하다고 본다. 그 용기가 기적을 일으킬 것이다.

무엇을 하려고
생각하는 중

국립공원 설악산 입구 계곡에서 텐트 치고 밥도 해먹던 때가 있었다. 지금은 어림도 없는 이야기로, 그 옛날 산에서 취사가 가능했던 때의 일이다. 계곡 위쪽에서 누구는 쌀을 씻고, 그 밑에서 누구는 밥을 해먹기도 했다. 그래도 병에 걸리거나 탈이 나지는 않았다. 크게 불쾌해 하지도 않았다. 계곡물이 워낙 많이 흘러서 깨끗했다. 계곡에는 돌도 많아 물이 자연적으로 정화된다고도 했다. 그때는 다들 그러려니 하고 살았다.

만약 계곡물이 고여 있었다면 밥을 해먹기는커녕 설거지하기도 찝찝했을 것이다. 고인 물은 썩기 마련이니까.

우리네 삶도 그럴 것이라 생각한다. 고여 있는 물은 넓은 세상과 쉽게 만나지 못한다. 그러나 흐르는 물은 다른 곳에서 내려오는 물과 만나서 더 넓은 곳으로 흐른다. 비가 내리면 잠시 흙탕물이 되지만 돌과 풀에 부딪치면서 본래의 색으로 돌아온다. 나 또한 그렇게 흐르는 물로 살려고 한다.

어릴 때에는 고인 물처럼 살아가기 마련이다. 활동 범위도 제한되어 있고, 만나는 사람도 가족, 친구, 선생님 정도에 그치기 때문이다. 어른이 되어도 사회생활을 부지런히 하지 않으면 흐르는 물이 되기 어렵다. 이곳저곳 다니고, 이런저런 사람들을 경험해야 시야가 넓어진다. 넓은 세상에서 지혜롭게 살아갈 수 있다.

세상은 빠르게 변화하고 있다. 1990년대에 삐삐가 엄청 유행하더니 곧바로 핸드폰이 삐삐를 눌렀다. 그러다 스마트폰이 세상을 휩쓸었다. 이 과정이 그리 길지 않았다. 빠르게 움직이는 세상에 적응하려면 물처럼 흘러야 한다.

모바일 기기의 변화 속도는 정말 눈부시다. 돋보기 없으면 글자 보기가 힘들었던 시절이 사실 오래전도 아니다. 그런데 지금은 모바일 기기로 글자를 키워서 볼 수 있다. 영상 기능도 뛰어나다. 디지털 카메라를 굳이 쓰지 않아도 사진이나 동영상을 찍는 데 전혀 무리가 없다. 컴퓨터를 대신하기에도 손색이 없다. 286 컴퓨터가 유행하던 시절, 나도 동네 컴퓨터 학원에 다닌 적이 있다. 어렵고 이해가 안 되어서 한 달 다니다 그만두었다. 그래도 지금 일상생활에서 컴퓨터를 활용할 만한 것들을 스마트폰으로 거의 해치우고 있다.

언젠가 아들이 권유했다.

"엄마는 간장게장을 잘하는데, 간장게장 가게를 해보는 게 어때요?"

순간 나는 손익을 따졌다.

'장사가 안 되면 어쩌지? 돈을 번다는 보장도 없는데.'

'국산 게는 비싸. 봄에 나오는 꽃게를 사야 하는데 단가 맞추기도 어려울 거야.'

'저질체력이라 가게에서 버틸 수 있을까?'

이렇게 여러 가지를 '계산'하게 되었다. 나이를 먹다 보니 어쩔 수 없이 계산하는 버릇이 몸에 배어버렸다.

누구나 마찬가지겠지만 나이가 들면 그만큼 책임질 일이 많아진다. 실패하면 회복하기도 쉽지 않다. 그러니 무엇이든 심사숙고하게 된다. 순간의 판단에 망설여진다. 그것이 인생을 바꿀 수도 있기 때문이다. 가게를 지금 당장 할 마음은 없지만 앞으로도 계속 고민할 것 같다.

나는 러닝머신보다는 공원 산책을 더 좋아한다. 한정된 공간은 답답하게 느껴지기 때문이다. 걸으면서 사람들 입은 옷도 구경하고, 꽃과 나무와 눈인사도 나눈다. 사람들이 씩씩하게 걸어가는 건강한 모습이 좋다. 가끔 휠체어를 타거나 걸음이 어눌한 사람도 만난다. 그때마다 걸을 수 있다는 것을 감사한다. 축복이라 여긴다. 일할 수 있을 때까지 부지런히 일하며 살아야겠다고 다짐한다.

돈을 잃으면 조금 잃는 것이고, 명예를 잃으면 반을 잃는 것이고, 건강을 잃으면 전부를 잃는 것이다.

해묵은 명제이지만 여기 다시 새겨본다.

아무리 노력을 하고 살아도 제자리걸음 할 때가 있었다. 남편은 공장을 하면서 부도를 몇 번 맞았었다.

열심히 살았는데도 불구하고 타의에 의해서 고난을 겪기도 했다. 건설사에 납품하는 부품을 제조하는 공장이라 경기 영향도 받았다. 경영난을 이유로 돈을 빼돌리고 고의적으로 부도를 내는 비양심 인격도 있었다.

제자리걸음도 열심히 했더니 생활이 조금씩 자리를 잡아가고 있었다. 그러던 중에 한 사람이 찾아왔다. 거래처에서 어음을 받았는데, 부도 처리되었다는 것이다. 그때는 어음 할인을 해서 썼는데, 돈을 찾을 수 없다며 당장 갚으라고 했다. 벼룩의 간을 빼먹지, 우리 같은 서민의 피를 빨아먹는 기생충도 있다며 욕을 했다. 빌어먹을 세상이라며 원망도 했다.

돈을 갚으라고 집에까지 몇 번이나 찾아왔던 남자도 있었다. 남자는 장사하면서 어음 할인을 했다며 돈 달라고 떼를 썼다. 결국 빚을 얻어 돈을 갚았다.

이렇게 열심히 살아도 의도하지 않게 힘든 상황이 오기도 한다. 세월이 많이 흘러 지금은 지나간 이야기가 되어버렸지만 당시에는 정말 절망적이었다.

'하느님은 없나? 내 인생은 좋은 팔자가 못 되나?'

한탄이 절로 나왔다. 힘들었다. 힘든 시간은 왜 그리 길게만 느껴지는지…….

조그만 가내공업이지만 그런 일을 겪어서인지 일해서 번 돈도 다 내 돈이 아닌 것만 같았다. 끝까지 내 손에 남아 있는 돈만 내 돈이라는 생각이 들었다. 그런 생각은 큰 욕심 없이 감사하며 살아가는 계기가 되었다.

무엇보다 '내일이면 좋아지겠지' 하는 희망 속에서 살았다. 그 희망이 지금까지 나를 지탱해준 것 같다.

무엇을 하려고 생각하는 순간이 제일 행복하다. 이를 테면 커피를 마시려고 물 끓기를 기다리는 순간이다. 그 기다림 속에 상념이 끼어들 틈은 없다.

'맛있고 좋아하는 커피를 마셔야지!'

오직 이 생각에 잠긴다. 그러니 얼마나 행복한가! 이것을 기다림의 미학이라고 말할 수 있을지 모르겠다. 집에서 혼자 마실 때는 달달한 삼박자 커피를 즐기며 오늘을 시작한다.

꽃꽂이를 배우러 다닐 때에도 그랬다. 가기 전날 가장 설렜다.

'내일은 집에 꽃향기가 은은하게 퍼지고 색의 아름다운 조화가 눈을 호강시키겠지?'

이렇게 화사한 꿈을 꾸기도 했다.

행복은 커다란 성취에서만 찾을 수 있는 것은 아니다. 소소한 생활 속에도 녹아 있다. 만족의 눈높이로 인해 찾지 못하는 것이라고 나름 생각해본다. 눈높이를 낮춰 보는 지혜도 필요하다.

지금 나는 '무엇을 하려고 생각하는' 중이다. 즉 행복의 코앞에 서 있다. 내가 하려는 '무엇'이란 바리스타 자격증 취득이다. 바리스타가 되어 필요한 곳에 가서 봉사하고 싶다. 나의 소박한, 제2의 인생 설계이다.

삶의 만족도가 가장 높은 지금

세월이 흐르면서는 내려놓고 살게 된다. 욕심 내봐야 나만 힘들고, 상대방도 힘들다. 포기할 건 포기하면서 내 눈높이대로 사는 것이 현명한 판단이라고 생각된다.

젊을 때는 내 생각만 옳다고 주장하며 목소리 높이며 지지 않고 맞서기도 했다. 나의 행동만 옳고, 나를 이해 못 해주는 것만 섭섭하게 생각했었다. 남편과도 그랬다. 남편의 문제에만 집중했었다.

공장에서 몇 년을 일해도 남편은 생활비만 줄 뿐 월급을 따로 챙겨주지는 않았다. 어느 날, 서운한 생각이 들어 남편에게 말했다.

"월급 안 주면 공장 안 나갈 거야."

남편의 반응은 예상대로였다.

"주머닛돈이 쌈짓돈이야. 월급은 무슨 월급?"

"내가 없으면 일용직을 써야 되잖아. 일용직보다는 내가 손도 빨라. 남의 일이 아니라 우리 일을 하니까 꾀도 안 부리고. 어차피 남주어야 할 돈, 나한테 주면 좋잖아?"

나는 월급을 모아 노후에 유용하게 쓰고 싶었다. 펑펑 마음대로 쓰려는 게 절대 아니었다. 하지만 남편은 꿈쩍도 하지 않았다.

당장 다음날부터 공장에 안 나갔다. 다른 사람의 마음을 움직일 줄 모르는 남편은 내가 일하기 싫어한다고 생각했는지 출근을 안 했는데도 부르지 않았다.

남편과 나는 늘 공장에서 늦게까지 같이 일했다. 그런데 일을 마치고 집에 오면 집안일은 온전히 내 몫이었다. 남편은 손가락 하나 까딱하지 않았다. 주는 밥만 먹었다. 집안일을 도와주려는 마음이 1도 없었다. 여자를 도와주어야 한다는 것을 아예 몰랐다.

남편은 집안일은 당연히 여자의 영역으로만 알고 살아온 남자였다. 엄마나 형수가 모두 그렇게 사는 것을 보고 자라서 다 그렇게 살려니 했을 것이다. 바른 눈을 가질 기회가 없었을 것이다. 하지만 그 시절엔 나도 젊었고, 또 힘들었다. 남편의 배경을 깊이 헤아릴 눈이 없었다.

아들과 사위에게서는 그때의 남편과 사뭇 다른 모습을 보게 된다. 두 사람 다 가장이자 아빠로서 살고 있는데 빨래라도 개며 아내에게 도움을 준다. 집에서 그냥 널브러져 쉬지 않고 아이들과 놀아준다. 아들과 사위는 변한 세상에서 자랐으니 바른 눈을 가질 수 있었을 것이다.

할머니가 되고부터는 생각이 많이 달라졌다. 남의 생각이 틀린 것이 아니라 나와 다른 것이라는 깨달음을 조금이나마 얻었다. 사람마다 타고난 인품도 다르고 살아온 환경도 다르다. 그러니 생각이 똑같기는 어렵다. 젊었을 때는 이걸 몰랐다. 다르다는 것을 인정하지 못하고 산 것이 후회됐다. 남편에게 미안한 마음이 들었다. 서로 자기만 옳다고 착각해서 문제 해결을 못한 것이 아쉬웠다.

남편도 나이가 든 지금은 많이 변했다. 만학도로 공부하고부터는 젊은이들과 어울려서 그런지 여러 가지를 볼 수 있는 눈도 생겼다. 이해의 폭이 넓어졌다. 집안일은 여자의 영역이라는 생각도 고쳤다. 이제는 설거지도 한 번씩 하고, 쓰레기도 버리고, 분리수거도 한다. 그저 고마울 따름이다.

세월의 힘이 나도, 남편도 변화시킨 덕분에 지금은 싸우지 않는다. 서로 있는 듯 없는 듯 시비 걸지 않으며 알아서 살아간다. 서로 다름을 인정하니 가정이 평온하다. 이 평온은 선물이다.

나이가 들어 마음은 튼튼해졌으나 아쉽게도 몸은 약해졌다. 그게 삶의 이치일까? 아무튼 예전만 못한 체력에 왠지 허전하다. 손주들을 보기도 사실 벅차다. 손주들 중에 남매 쌍둥이가 있다. 딸이 낳은 보석들이다. 이 쌍둥이들이 네 살 무렵부터는 서로 말을 잘 주고받았다. 그러더니 상황극까지 하며 놀았다. 그 모습을 보면 그저 흐뭇한 웃음만 나온다.

"할머니, 우리가 숨을 게 찾아봐."

쌍둥이들이 예고도 없이 숨바꼭질을 하잔다. 그러고는 문 뒤에나 장난감 뒤에 재빨리 숨는다.

"할머니, 찾아봐."

목소리만 들어도 어디 숨은 줄 다 아는데 찾으란다. 하지만 덥석 찾아내면 녀석들이 서운해하기에 못 찾는 체해야 한다.

"어디 숨어 있지? 안 보이네?"

열심히 찾다가 포기 선언을 한다.

"못 찾겠다, 꾀꼬리!"

"여기 있지!"

녀석들이 웃으면서 쏙 튀어나온다. 그런 손주들의 모습을 보기만 해도 영혼이 정화되는 느낌이다.

젊었을 때는 왜 정화된 맑은 영혼으로 살지 못했을까? 뒤늦게나마 영혼을 씻을 수 있게 되어서 감사하다.

짊어지면 무겁다는 것을 어느 순간 깨달았다. 내려놓고 살아보니 걱정거리도 사라지고 평온해진다. 삶의 질도 높아졌다. 지금의 나는 삶의 만족도가 가장 높다.

구독자 1,000명이 넘어서 돈이 들어온다고 했을 때 솔직히 기뻤다. 물론 돈이 생긴 것으로 인해 내 만족의 가치가 높아진 것은 아니다. 도전했고, 도전해서 성과를 거두었기에 만족도가 높아진 것이다. 돈하고 비교할 수 없을 만큼 매우 높아진 것이다.

나이 들수록 자기 일에 더욱 열정을 쏟아야 한다. 일할 수 있는 것에 감사하면서 매달려야 한다. 노후도 스스로 책임져야 하는 시대여서만은 아니다. 만족스럽고 행복한 삶을 위해서다.

예전에 일본여행을 갔을 때 깜짝 놀랐다. 나이 드신 분들이 식당에서 일하는 것을 보고 감탄했다. 고령화 사회의 어두운 단면이라 한편 씁쓸하기도 했지만, 그분들의 정력과 열의에 고개가 숙여졌다. 일할 정도의 건강만 허락하면 못 할 것도 없을 것 같았다. 그리고 사실 몸을 움직이며 사는 사람이 더 건강한 법이다. 움직이자. 움직임이 허락되는 순간까지.

몇 달 전 친구가 땅으로 돌아가는 마지막 모습을 보았다. 어차피 빈손으로 왔다가 빈손으로 가는 인생. 욕심 부리고 살아본들 하루 밥 세끼 먹고 사는 것은 누구나 똑같다. 친구의 모습에 순간에 왔다가 순간에 간다는 것이 피부로 와 닿았다. 사는 것이 무의미하고 허무하다는 생각에 잠깐 빠지기도 했지만, 어느새 나도 모르게 주먹을 불끈 쥐었다.

'나에게 주어진 하루하루를 감사하며 잘 사는 길밖에 없어.'

그것이 친구를 보내고 난 뒤 내린 결론이었다.

어느 날, 손주들을 어린이집에 보낸 뒤 딸과 함께 이른 점심을 먹었다. 오는 길에 과일가게 앞을 지나는데 문득 돌아가신 엄마가 생각났다. 유난히 모성애가 강했던 엄마는 늘 자식에게 양보만 하며 살았다. 희생하며 살았던 모습만 나의 기억에 남아 있다.

과일가게 앞에서 딸에게 말했다

"나 망고 좋아한다. 망고 있으면 사먹자."

엄마 생각에 그런 말을 한 것이다. 엄마는 한 번도 자기가 먹고 싶은 것을 사지도, 표현하지도 않았다. 먹고 싶은 것을 먹는 것은 당연한 사람의 권리인데, 그 권리 행사를 한 기억이 내게는 없다.

"괜찮다. 안 먹는다."

엄마는 자식들에게 맨날 이 말만 했다.

나이 들수록 자신의 권리를 스스로 찾으며 살 필요가 있다고 본다. 뭐, 대단한 권리를 말하는 것은 아니다. 먹고 싶은 음식 먹고, 입고 싶은 옷 입고, 가고 싶은 곳 가는, 그런 소박한 권리를 이름이다. 굳이 자식들 앞에서 사양만 할 필요는 없다. 자식들은 엄마가 정말 싫어한다고 오해할 수도 있다. 알아서 속마음을 알아주면 좋으련만, 자식들에게 그게 쉬운 일은 아니다. 내리사랑은 쉬워도 치사랑은 어려운 법이다. 그것이 우리네 현실이다.

어쩌면 부모의 권리를 찾으며 사는 삶이 자식에게 부담을 덜어주는 일일 수도 있다. 자식들은 어차피 부모에게 도리를 다하며 살아야 할 처지라 부모가 적절한 '권리 행사'를 하는 것이 편할 수가 있다. 자식이 부모의 마음을 헤아리는 것이 쉽지 않다는 것은 자식된 사람은 다 알지 않는가.

마음의 짐을 내려놓으며, 내 권리도 적당하게 찾으며, 소소한 행복을 누리며, 황혼의 아름다운 저녁을 보내고 싶다.

어쩌면 부모의 권리를 찾으며 사는 삶이
자식에게 부담을 덜어주는 일일 수도 있다.

자식들은 어차피 부모에게
도리를 다하며 살아야 할 처지라
부모가 적절한 '권리 행사'를 하는 것이
편할 수가 있다.
자식이 부모의 마음을 헤아리는 것이
쉽지 않다는 것은 자식된 사람은 다 알지 않는가.

지금에 만족하지 못할 때
시간은 지나간다

임신했을 때 마트에 가면 어르신들이 그랬다.

"인생에서 제일 좋을 때야."

하지만 실감이 나지 않았다. 출산일만 손꼽아 기다렸던 것 같다.

실제로 출산하고는 가벼운 몸이 너무 좋았다. 발걸음이 사뿐사뿐 솜털 같이 가볍게 느껴졌다. 무거운 몸에서 해방된 기분이었다. 출산을 경험한 여자들이라면 이 기분 잘 알 것이다.

아기를 키우면서 현재에 만족하지 못했던 것 같다. 아기를 데리고 예방 접종을 하러 병원에 갔을 때 백일 된 아기를 보고 생각했다.

'언제 저만큼 클까?'

돌이 지나서 걷는 아기들을 보면 이런 생각에 잠겼다.

'우리 애는 언제쯤 걸을까?'

이러니 행복한 육아가 되지 못했다.

뻔한 소리지만 시간은 다시 돌아오지 않는다. 그러므로 현재를 감사하며 잘 누려야 한다. 그래야 현재가 아름다워진다. 그때는 이 사실을 몰랐다. 왜 시간이 빨리 지나가기만을 기다렸는지 모르겠다. 손에 있을 때는 소중함을 잘 몰랐다가 손에서 떠나면 절실해지는 것이 많다. 시간이 그중 으뜸이 아닐까 싶다.

엄마가 현재에 만족하지 못하고 있을 때 아기는 시간과 함께 빠르게 성장했다. 어느덧 유치원에 들어가더니, 소풍 가서 엄마와 게임도 하고 친구들과도 어울렸다. 초등학교, 중학교도 금방금방 졸업을 했다. 고등학교에 갔구나 싶더니 어느 순간 3학년이 되고, 나를 '고3 엄마'로 바쁘게 살게 했다. 대학에 입학해서, '이제 한숨 돌려야지' 했더니 어엿한 어른이 되어 있었다. 대학을 졸업하고, 취업을 하고, 결혼을 하고, 눈 깜짝 할 사이에 나를 할머니로 만들었다.

나는 손주가 태어나기 전에는 주변에 이렇게 말하고 다녔었다.

"할머니 되면 빨리 늙는다고 해서 손주 안 볼 거야."

막상 손주들이 생기니 안 돌볼 수가 없었다. 우선 엄마 아빠가 맞벌이라 돌봐줄 사람이 없었다. 자식 내외가 고생하는 게 안쓰러운 것도 손주를 돌보게 된 이유였다.

그렇게 시작된 손주 돌보기는 나에게 행복을 안겨주었다. 손주들 덕분에 웃음꽃밭에 사는 기쁨을 누릴 수 있었다. 내가 내 자식을 키울 때는 현재에 만족하지 못했는데, 손주들을 키울 때는 만족하고 있다. 아름다운 시간을 놓치지 않으려 애쓰고 있다.

세월이 유수와 같다는 말이 점점 공감된다. 기억력이 나날이 떨어지는 것을 피부로 느끼면서 공감은 더 커진다. 그제, 어제 일도 기억이 안 날 때가 많다. 베란다로 무얼 가지러 갔는데 순간 기억이 안 나 다시 돌아올 때도 있었다. 냉장고에 무엇을 꺼내러 갔는데 생각이 안 날 때도 있었다. 지금은 건망증이지만 이것이 치매로 바뀔 날이 머지않았다. 걱정스럽다.

그 걱정에서 벗어나기 위해서라도 새로운 것에 도전해야 한다. 용기를 내서 살면 된다. 그래야만 삶이 건강해진다. 나는 딸에게 영원한 영상을 남기기로 했다. 엄마인 내가 없어도 엄마 음식이 생각나면 직접 해 먹을 수 있는 요리법을 알려주는 영상이다. 이 영상을 만드는 일 또한 나에게는 작은 도전이다. 평소 자녀들에게 적어도 무언가 한 가지는 남겨주면 좋겠다고 생각했다. 이 영상이 좋은 유산이 되기를 소망한다.

어느 날부터 책을 보면 눈이 피곤해졌다. 자연스레 책을 멀리하게 되었다. 그런데 최근엔 책은 안 보면 안 될 계기가 생겼다. 어쩔 수 없이 시간이 날 때마다 독서를 하고 있다. 간절하면 통한다는 말이 여기서도 통했다. 눈이 피곤하고 침침함에도 불구하고 간절하니까 책이 눈에 들어왔다.

책을 안 보면 안 될 계기란 내가 글쓰기에 도전한 사건이다. 쓰려면 우선 읽어야 했다.

글을 쓰면서 느낀 점이 있다. 글쓰기는 자신을 바꾸는 일이라는 것이다. 과거의 나를 새로운 나로 바꾸는 일에는 아픔이 따를 수도 있다. 자신을 솔직하게, 남김없이 끄집어내야 하기 때문이다. 나는 아팠다. 눈물을 흘릴 때도 있었다. 다행히 그 아픔의 산을 무사히 넘었다. 그 산을 넘지 못하면 자신과의 싸움에서 지고, 도전을 실패하고 만다.

오늘 아들네와 점심을 먹었다. 아들은 내게 손자만 둘을 안겨주었다. 작은손자가 세 살인데 형이 있어서인지 말도 잘하고 밥도 혼자서 잘 떠먹는다. 그 모습이 무척 대견하다.

큰손자는 차분한 성격이다. 동생을 잘 배려한다. 그런데 너무 배려하다 보니 동생이 형에게 덤비고 때리기도 한다며 나에게 이르기도 했다. 요즈음은 동생의 행동이 많이 좋아진 것 같다. 형을 잘 따른다. 형과 함께 공원에서 킥보드를 타며 즐거워한다.

오늘 점심은 며느리가 주선한 것이다. 점심을 같이 먹자고 해서 외식을 나왔다. 갈치조림과 고등어구이를 맛있게 먹고, 향긋한 커피도 마셨다. 소소한 행복의 시간이었다.

나를 생각해주니 감사할 뿐이다. 며느리는 성격도 시원시원하다. 나는 복이 많은 시어머니다.

손자들이 말이 늘더니 부쩍 "할머니, 할머니" 자주 부른다. 그 소리에 세월이 눈 깜짝 할 사이에 지나갔음을 피부로 느낀다. 그래서 더 행복해지고 싶다.

chapter 3

여기는 유튜브 세상

오십대 두 명,
육십대는 나 혼자

유튜버로 살게 된 동기는 딸의 권유였다. 몇 년 전부터 유튜브를 열심히 보기는 했다. 볼거리가 다양하고, 긴 밤 시간을 보내는 데도 최고였다. 내가 원하는 요리 콘텐츠나 좋은 강의도 많아 꽤나 매력을 느끼고 있었다.

올해로 네 살인 쌍둥이 남매를 돌보고 있었다. 15개월 넘어서부터 어린이집에 보내기 시작했다. 동시에 아침마다 집이 전쟁터였다. 쌍둥이들이 어린이집에 가야 하는데 늘 늦잠을 잤기 때문이다. 습관이 잘못 들어 밤늦게 자는 것이 문제였다. 수면 교육에 실패해서 매일 힘이 들었다. 딸 혼자서는 절대로 둘을 어린이집에 못 보냈다. 손자는 잘 타이르면 말을 듣는데, 손녀는 막무가내로 안 간다고 울며 떼를 부렸다. 겨우겨우 데려가면 둘 다 약속이나 한 듯 어린이집에 들어가면서부터 울었다. 날마다 마음 아픈 이별의 시간을 겪어야 했다. 한참이 지나서야 차츰 적응하며 울지 않고 들어가기 시작했다. 하지만 아침의 전쟁은 지속되었다.

어린이집 다니는 초기에는 면역력이 약해서인지 늘 감기를 달고 살았다. 병원에도 자주 갔다. 손녀는 폐렴으로 세 번이나 입원을 했다. 선배들에게 물으니, 처음에는 거의 그렇다고 말해 주었다. 단체 생활에서는 아무래도 감염될 확률이 높았다.

네 살이 되니 힘든 시간이 차츰 지나기 시작했다. 요즘에는 딸 혼자서도 어린이집에 잘 보낸다. 변화의 시간이 축복처럼 나에게도 다가왔다. 하루는 딸이 말했다.

"엄마, 음식 만드는 것도 좋아하고 여러 가지 배웠으니 유튜브 하는 방법 배워 볼래요?"

여러 가지 배웠으니 유튜브 하는 방법도 배울 수 있을 것 같았다.

"그래, 네가 신청해줄래?"

이렇게 나의 도전은 시작되었다.

교대역에 있는 다꿈스쿨에서 빛 선생님에게 유튜브 강의를 듣게 되었다. 드디어 설렘의 첫 강의, 수강생들은 거의 삼사십대였다. 오십대 두 명, 육십대는 나 혼자였다. 혼자여서 은근히 걱정이 됐다.

'과연 내가 할 수 있을까?'

기대가 되면서도 강의를 못 쫓아가면 어쩌나 걱정도 되었다.

'남들도 하는데 나도 할 수 있을 거야.'

이렇게 스스로를 다독이며 용기를 냈다.

강의는 일주일에 한 번, 하루 세 시간씩이었다. 오랜만에 교실에 앉아 강의를 들으니 학창 시절로 돌아간 기분이었다. 이 나이에 공부하게 되리라고는 꿈에도 몰랐다. 내 다리를 꼬집으며 꿈이 아닌 현실임을 느꼈다. 날개가 돋고, 그 날개로 비행을 하듯 신나는 상상을 하며 배웠다.

첫 시간에는 플레이 스토어에서 키네마스터란 어플을 다운 받았다. 이런 기능이 있다는 것이 놀라웠다.

좋은 세상에 살고 있다는 것에 감사했다. 천재들이 만들어놓은 기능에 찬사를 보냈다. 편집하는 법도 신기하고 재미있었다. 무엇보다 젊은이들과 함께 같은 공간 안에서 배우는 것이 좋았다. 젊은이들이 열심히 배우는 모습은 나이를 먹은 나에게는 그 자체가 교훈이었다. 배움은 역시 색다른 선물을 준다는 것을 다시 한 번 느꼈다. 지하철을 타고 강의실을 오고 가는 기분도 좋았다. 다른 일로 서울을 다녀올 때와는 차원이 달랐다.

딸 권유 덕분에 다른 세상을 체험할 수 있었다. 그 문을 열도록 도와준 딸에게 고마울 뿐이다. 유튜브를 배우면서 손주들을 보면서 힘들었던 기억이 하루아침에 눈 녹듯이 녹아버렸다.

빛 선생님은 동영상 만드는 방법 외에 책을 읽고 소감을 올리는 등 다양한 체험도 시켰다. 좋은 콘텐츠를 뽑아내려면 여러 가지 체험을 하는 것이 유리해서가 아닐까 싶다. 여하튼 선생님의 다양한 강의는 내게 디딤돌 역할을 해 주었다.

《백만장자의 메신저》라는 책을 읽고 소감을 올리는 숙제가 있었다. 나로서는 정말 오랜만의 독서였다. 그리고 영양가 있는 독서였다. 이 책을 읽으며 내 안에 가지고 있는 것을 하나씩 꺼내고 싶은 충동이 일었다. 세 번째 수업 이후부터는 영상을 찍어 올리는 숙제도 있었다. 내 안의 것을 꺼내 많은 영상을 만들고 싶었지만 마음만 앞서갔다. 일상생활을 유지하면서 하려니 한계가 있었다.

그래도 무언가 창조적인 생각을 하며 새로운 도전을 할 수 있다는 것에 흥분이 되었다. 나는 오늘까지 살아오면서 그다지 내놓을 만한 것이 없었다. 그저 평범하게 아이들 키우며 살았다. 폐백을 배웠어도 일정한 수입으로 연결시키지는 못했다. 가게를 운영했어도 생각만큼 내 지갑을 채우지 못했다. 경험 부족과 공부 부족 때문이었다.

유튜브를 배우면서 다시 희망이 찾아왔다. 새옹지마라는 고사성어가 생각났다. 이제 '화'에서 '복'으로 돌아서는 순간일까? 유튜브 구독자가 1,000명이 넘으면서 수입이 생기니 사람인지라 '복'을 떠올리지 않을 수 없었다. 하늘에서 돈이 뚝 떨어진 것만 같았다. 딸이 그동안 고생한 엄마에게 보상을 해준 것 같았다. 내가 늦복이 있는 팔자였나 보다.

복 중에 최고 복이 말년 복이라고 하는 말을 들었다. 모든 복을 다 가지고 태어나는 사람은 거의 없을 것이다. 갖지 못하는 것을 원망하기보다 가진 복을 소중히 지키며 감사하며 사는 것이 중요한 듯하다.

나도 그렇게 살아갈 것이다.

요즘 시간 날 때마다 핸드폰을 본다. 내가 만든 유튜브 동영상에 댓글도 달며 구독자와 소통하기 위해서다. 어제는 아들이 밥을 사준다고 불러냈는데, 내가 계산을 했다. 아직 구글에서 돈을 못 받았지만 미리 한턱냈다. 돈을 쓰면서도 기분이 업(up)된 것은 처음이었다.

"앞으로 광고비가 들어올 거야."

아들에게 당당하게 자랑도 했다.

"엄마가 정말 달러를 벌 줄 몰랐네."

아들은 진심으로 축하해주었다. 칭찬도 해주었다. 자식에게 칭찬받는 것은 처음이었다.

언제까지 돈이 들어올지 모르겠지만 앞으로도 열심히 할 것이다. 나이 들어 취미생활도 하며 돈도 버니 일거양득이었다.

며칠 후 친구들 모임에 가서 자랑할 생각에 우쭐해진다. 노년에 투자를 잘한 것 같다. 내가 변해야 새로운 세상도 만들 수 있다고 생각하며 도전한 것에 대한 보답이라고 생각한다.

'사람이 복'이란 말을 자주 들으며 살았다. 가까이 있는 사람과, 도움이 되는 사람과 잘 지내야 떡 고물이라도 떨어지는 법이다. 좋은 기운과 영향을 받기 때문에 살아가는 데 중요하다고 생각해본다. 유튜브를 배우면서 복스러운 사람들도 만났다. 같이 배운 동기들이다. 그중 몇 명과 가끔 만나 정보도 듣고 세상 이야기도 나눈다. 젊은이들이다. 이 나이에 젊은이들과 밥 먹고 차를 마실 수 있는 것도 얻기 힘든 특권이라 생각한다.

아무리 좋은 운을 가지고 있어도 본인이 손을 내밀어 잡지 않으면 무용지물일 것이다. 뜬구름에 불과할 것이다. 나는 유튜브를 손을 내밀어 붙잡았다. 그 구름을 타고 제2의 인생을 즐기고 있다. 나에게 유튜브를 권유해준, 그래서 복이 되어준 딸에게 감사를 표한다.

주코코맘의 미각 유튜브
아무리 좋은 운을 가지고 있어도
본인이 손을 내밀어 잡지 않으면
무용지물일 것이다.
이제 구독이 1만 가까이 된다.
나에게 유튜브를 권유해준
딸에게 감사를 표한다.

왜 유튜브를 해야 할까?

'유튜브YOUTUBE'는 '당신YOU'과 '브라운관TUBE'의 합성어이다. 세계 최대의 무료 동영상 사이트(2006년 구글에서 인수)로, 구글 다음으로 검색량이 많다. 순 방문자는 15억 명 이상에 달한다. 현재 지구촌의 대표적인 동영상 플랫폼으로 자리매김했다.

유튜브의 탄생은 일면 소박하다. 미국 캘리포니아에서 세 명의 창립 멤버가 친구들에게 파티 비디오를 배포하기 위해 "모두가 쉽게 비디오 영상을 공유할 수 있는 기술"을 만든 것이 그 시초이다. 유튜브로 인해 개인 미디어 시대가 열렸다고 해도 과언이 아니다. 더 이상 매스 미디어가 시청자를 독점하는 시대는 유튜브로 인해 지나갔다. 전문가들은 1인 미디어 그리고 영상 매체가 대세이기 때문에 유튜브가 강세를 띠고 있다고 한다. 이 대단한 유튜브는 광고로 이윤을 창출한다.

내가 생각하는 유튜브의 장점은 다음과 같다.

1. 짧은 시간에 많은 정보를 검색할 수 있다.
2. 내가 원하는 콘텐츠를 쉽게 볼 수 있다.
3. 책 리뷰가 많다.
4. 요리, 청소, 화초 잘 키우는 방법, 육아, 영어, 키즈 등 채널이 다양하다.
5. 청소하면서도, 밥 먹으면서도 보고 들을 수 있다.
6. 누구나 유튜브를 통해 자신의 장점이나 재능을 발휘할 수 있다.

구글의 수잔 보이치키는 작은 스타트업에 불과했던 유튜브에 업로드 된 영상을 본 뒤 전문적인 스튜디오 없이도 누구나 콘텐츠를 만들 수 있겠다는 생각을 했다. 그리고 16억 5천만 달러(약 1조 8천억)에 유튜브를 인수했다. 우리나라에도 유튜브의 창업자들 같은 귀재와 구글 같은 대기업이 협력하는 분위기가 조성되면 좋겠다. 그것이 원활하다면, 젊은이들의 미래도, 나라의 미래도 밝아지지 않을까?

유튜브를 보고 있자면 글로벌 시대를 실감한다. 미국의 오프라 윈프리의 연설도 때와 장소를 가리지 않고 원하는 곳에서 시청이 가능하다. 외국인의 동영상도 공유할 수 있다.

앞서 유튜브의 장점으로 "자신의 장점이나 재능을 발휘할 수 있다"는 점을 꼽았다. 발휘에서만 그치는 게 아니라 남들에게 도움을 줄 수도 있다. 청소 잘하는 법, 요리법, 붓글씨 쓰는 법 등으로 도움을 주는 유튜버들이 많다. 시청자 입장에서는 배울 게 넘쳐나는 셈이다. 외국어 공부도 쉽게 할 수 있고, 전문적인 정보도 얻을 수 있으니 유튜브의 인기는 앞으로도 지속되리라 예상된다. 모바일에는 상대적으로 둔감한 오십대 이상에서도 유튜브 사용량이 늘어나고 있다니 가히 그 인기를 짐작할 만하다.

요즈음 십대들은 희망직업 칸에 BJ 혹은 크리에이터라 적는다고 한다. 시대의 변화는 꿈의 흐름도 바꿨다. 우리 어린 시절에는 선생님이 꿈을 물으면 대통령, 판사, 변호사, 의사, 선생님이라 대답했다. 우리의 청소년들이 유튜브 크리에이터의 꿈을 이룬다면 다른 사람에게 도움을 주는 콘텐츠도 많이 만들어주기를 희망한다.

왜 유튜브를 해야 할까?

사실 꼭 해야 할 이유는 없다. 안 해도 그만이다. 다만 유튜브를 하면 삶이 더 풍요로워질 수 있다는 말은 하고 싶다. 앞서 말한 것처럼 배울 것이 많고 얻을 정보도 많다. 싸이, 방탄소년단 같은 스타도 만날 수 있다. 이들이 세계적인 스타로 발돋움한 데에는 유튜브의 공이 크다.

유튜버로 도전해보는 것도 괜찮다. 어린이부터 어르신까지 많은 유튜버들이 활동하고 있다. 보람 TV의 보람이, 박막례 할머니 등이 대표적인 인물이다. 국내에서도 많은 채널들이 연 1억 이상의 수익을 얻는다.

유튜브의 콘텐츠는 대부분 회원 가입을 하지 않아도 볼 수 있지만, 동영상을 게시하기 위해서는 반드시 회원 가입을 해야 한다. 유튜브는 비디오를 저장하고 공유하는 역할에 특성화되어 있다. 검색이나 노출을 통해서 보고 싶은 영상을 볼 수 있고, 국적과 상관없이 누구와도 소통할 수 있다는 장점이 있다.

구글에서 검색하면 동영상 카테고리 가장 상단에 항상 유튜브의 동영상이 표시된다. 이것이 매일 많은 사용자들이 유튜브로 유입되는 가장 큰 이유로 꼽았다. 유튜브가 사람들이 찾는 첫 번째 사이트가 된다는 의미이기도 하다.

유튜브의 콘텐츠 양은 실로 어마어마하다. 많은 사람들이 사용할 수 있는 거대한 트래픽을 잘 소화하므로 십억 명의 사람들이 매일 사용함에도 불구하고 문제없이 서비스를 제공해주고 있다. 처음 사용하는 사람들이 쉽게 사용할 수 있도록 구성되어 있는 점도 매력적이다. 콘텐츠 양이 상당한데도 사용자들이 찾기 쉽게 카테고리를 분류해놓았다.

음악, 뮤직비디오, 여행, 유머 등 정말 다양한 분야의 영상이 가득하다. 정치 분야 채널도 구독자가 엄청나다. 이 모든 영상은 게시한 본인이 지우지 않는 한 사라지지 않는다.

아일랜드의 작가이자 철학자인 찰스 핸디는 이렇게 말했다.

"자신이 진정 어떤 사람인지, 어떤 일에 재능이 있는지를 끝내 모른 채 죽는다면 참으로 서글픈 일이다."

유튜브를 통해 자신만의 재능을, 자신의 진면목을 보여줄 수 있다. 현재 유명한 유튜버들도 처음에는 모두 구독자 0명에서 출발했다. 도전하겠다면, 나는 박수치며 응원하고 싶다.

유튜버로 새로운 인생을 향해 노 저어 가고 싶다면 우선 자신에게 맞는 콘텐츠를 찾아야 한다. 그것은 일상에서 찾을 수 있다. 자신이 좋아하는 무엇에서, 하던 일에서도 찾을 수 있다. 찾았다면 이제 공부해야 한다. 공부해서 인기 있는 콘텐츠로 만들 수 있는 방법을 연구해야 한다. 희소성은 있는지, 매력은 있는지 등을 세밀하게 분석해야 한다.

분석이 되었다면 카테고리를 정한다. 다음으로는 콘텐츠를 많이 올릴 수 있는지, 유튜브에서 시청 가능한지 등을 충분히 검토한다. 무엇보다도 유튜브로 성공하려면 영상을 꾸준히 올리는 것이 중요하다. 유튜브가 '검색엔진'이라는 사실을 기억하자. 유튜브에서 성공하는 채널은 상위 1%이다. 성실함이 최우선이다. 대본도 미리 작성해서 연습하는 것이 좋다. 불필요한 말을 빼야 실수를 줄일 수 있다.

섬네일도 중요하다. 섬네일이란 일종의 영화 포스터와 같다고 보면 된다. 업로드한 영상을 한 장면에 담아 어필하는 것으로, 상대방의 호기심을 자극해야 한다. 텍스트도 검색을 통해 잘 작성해야 한다.

유튜브는 취미가 직업으로 전환되는 것이 바람직하다. 처음에는 자신의 영상을 다른 사람들이 안 본다는 가정 아래 취미생활을 하듯 꾸준히 영상을 올리는 것이 좋다. 그래야만 지치지 않고 영상을 올릴 수 있다. 일주일에 적어도 2번 이상 올리다 보면 어느 날 문득 노출될 확률이 크다.

유튜브 영상을 제작하는 동안 자연스럽게 공부도 된다. 양질의 콘텐츠를 만들려면 다방면으로 지식이 필요하기 때문이다. 지식이 쌓이면 저절로 자기계발이 된다. 거기다 수익까지 생긴다면 그야말로 꿩 먹고 알 먹고다.

유튜버가 되느냐 마느냐는 어디까지나 본인의 선택이다. 어쨌든 유튜버가 되고 안 되고를 떠나서 유튜브가 세상의 거대한 흐름인 것만은 분명한 듯하다. 유튜브를 외면하기보다는 곁에 가까이 두는 것이 세상을 파악하는 데 유리하다. 시대에 발맞추어 살아가기에 용이하다.

유튜브는 좋다.

주코코맘,
고생했어

업로드란 크게 보면, 컴퓨터 통신망을 통해서 다른 컴퓨터 시스템에 파일이나 자료를 전송하는 일을 말한다. 유튜브에 한정해서 보면, 영상을 찍고 편집한 것을 유튜브에 접속해서 올리는 일을 가리킨다. 유튜브에 업로드하려면 플레이 스토어에서 VLLO나 키네마스터 앱을 다운받는 것이 좋다. 영상을 찍고 편집하는 데 용이하다.

음식은 계절의 영향을 받는 것이 많다. 그 계절이 지나면 식재료를 구할 수 없는 것이 많기 때문이다. 엄나무 순도 그랬다. 엄나무 순이 나오는 계절, 엄나무 순이 사라지기 전에 장아찌 하는 방법을 찍어야 했다. 이미 남쪽에서는 철이 지났고, 중부 지방도 끝물이었다. 고민 끝에 덕적도 섬에서 나오는 자연산 엄나무 순을 주문했다.

자연산인데 배로 운송을 하면 시간이 오래 걸려서 엄나무 순이 싱싱하기 어렵다고 했다. 배로 찾으러 오라고 했다. 연안부두로 배 들어오는 시간에 맞추어 부두로 나갔다. 그렇게 엄숙하게 엄나무 순을 맞이했다. 좋은 먹거리를 찾는 일은 쉽지 않다.

집에 와서 저녁밥을 먹었다. 배를 든든히 채운 뒤 장아찌를 담그려고 재료를 준비했다. 봄나물의 귀족이라 불리는 엄나무 순은 먼저 지저분한 밑동 부분을 제거해야 한다. 다음엔 물에 2번 씻고, 끓는 물에 살짝 데친다. 이어서 간장, 매실 발효액, 소주를 동량으로 넣고 식초를 반 컵 넣는다. 이들을 잘 섞은 후 데친 엄나무 순을 넣어 냉장 보관하면 된다. 그러면 끓이지 않아도 맛있는 장아찌를 먹을 수 있다.

일부는 비닐에 넣어 물을 조금 채워 보관하자. 그러면 한겨울에도 맛있는 엄나무 순을 먹을 수 있는 행복을 누릴 수 있다.

아는 요리법도 막상 영상을 찍으려니 버벅거리게 되었다. 그래서 여러 방법으로 해보았다. 데치지 않고도, 데쳐서도 해봤다. 그렇게 고생해서 요리를 완성했다.

영상을 편집했다. 자막도 넣었다. 처음이라 꽤 오랜 시간이 걸려 완성했다. 타임라인 부분이 빨리 돌리니 까맣게 되기도 했다. 밤 1시가 되어도 집중하다 보니 피곤한 줄 몰랐다. 신경은 예민해졌지만 마음만은 가벼웠다. 그리고 가슴 벅찼다.

업로드 과정에서 채널을 만들 때 실수를 했다. 처음이라 채널과 계정을 혼돈했다. 이름 정할 때 성을 안 썼더니 자꾸 성을 쓰라고도 했다. 지우고 쓰는 과정에서 2개의 채널이 만들어져서 엄나무 순 장아찌 조회 수가 1,200회의 코코맘의 미각을 지워야 했다. 처음이라 수업료를 냈다고 생각했다.

지금은 주코코맘의 미각으로 채널을 운영하고 있다. 혼자 재료 준비하고, 영상 찍고, 편집하기가 쉽지는 않다. 그래도 내 영상이 누군가에게 조금이라도 도움이 되면 좋겠다는 맘으로 기쁘게 움직이며 생활한다.

업로드를 시작하면서 많은 변화가 생겼다. 다방면으로 지식이 쌓이고, 시야도 넓어졌다. 젊은이들과 밥을 먹으면서 이야기도 나누었다. 부지런히 자기계발하고, 일하고, 책도 읽는 그들에게서 많은 것을 배웠다.

남에게 좋은 영향을 주며 도움을 주는 사람들도 만났다. 종강을 한 뒤에도 동기생 몇 명이 만남을 이어가며 스터디를 했다. 파워포인트를 잘 못 하는 우리에게 잘하는 동기가 알려주기도 했다. 재능기부를 하는 그 동기의 모습이 아름다웠다. 그렇게 동기에게 배우던 어떤 날에는 유난히 창가의 햇살이 눈부셨다. 삭막한 세상이 따스함으로 물드는 느낌이었다.

주말에는 농사를 지으러 다녔다. 매실나무가 있는데 약을 치지 않는다. 가족이 먹을 것이기 때문이다.

매실 딸 때가 되어서 매실을 땄다. 집에서 깨끗이 씻어 말린 후 매실 2kg을 골라냈다. 그러고는 칼로 과육만 잘라 소주와 정종을 2대 1의 비율로 섞어 매실이 잠기도록 부었다. 그렇게 하룻밤을 두었다가

술만 따라 버리고 황설탕 700g을 섞었다. 일주일 뒤쯤 아삭하니 맛있는 매실 장아찌를 먹을 수 있었다.

첫 업로드를 하고 나자 내가 할 수 있는 요리를 빨리 보여주고 싶은 충동이 더 커졌다. 마치 이런 날을 손꼽아 기다려 오기라도 한 듯이 다음 요리가 떠올랐다. 평소 잘 해먹던 완두콩 수프였다. 밭의 작물들도 수확할 시점이 있다. 완두콩도 수확할 시점이 지나면 점점 작아지고 쭈글쭈글해진다. 나는 때가 지나가기 전에 통통한 완두콩으로 수프를 만들어 올렸다.

호박죽도 올리고, 참외장아찌와 참외김치도 올렸다. 각종 음식을 업로드하면서 문득 깨달았다. 호박도 애호박이 있고 늙은 호박이 있듯이 사람은 저마다 쓰임새가 다르다는 것을. 젊어서 반짝하는 사람도 있고 쪼글쪼글해져서 반짝하는 사람도 있을 것이다. 나는 내가 후자였으면 좋겠다고 생각했다.

자주 해먹던 게장을 시도했다. 영상을 찍고 편집까지 한 뒤 잠들었다. 새벽에 눈이 뜨였는데 걱정이 밀려왔다.

'아무래도 게장이 좀 짠 것 같아.'

다음날 다시 맛을 보기로 마음먹고 잠을 청했다. 뒤척이다 겨우 잠이 들었다. 아침에 일어나서 게장 맛을 보았다. 역시 약간 짰다. 업로드를 안 한 것이 다행이었다.

간장을 조금 줄여서 다시 게장을 했다. 만족스러웠다. 새롭게 영상을 찍어 업로드하자 뿌듯함이 밀려왔다.

업로드한 것을 삭제한 적도 몇 번 있다. 내 맘에 들지 않아서이다. 이런 노력과 정성이 시청자들에게 어필이 된 것 같다.

매실 장아찌를 업로드하고 2주가 지난 시점이었다. 조회 수가 2만을 넘어섰다. 하늘을 나는 기분이었다. 매실 장아찌를 만들 때도 노력과 정성을 많이 기울였다. 설탕을 600g, 700g, 800g, 900g을 각각 넣어 내 입맛이 만족할 때까지 만들었다. 어떤 일이든 쉽게 이루어지는 것은 없다. 공을 들이면, 보답이 찾아온다.

물론 매번 성공만 한 것은 아니다. 딸기잼, 쑥개떡 등은 조회 수가 오백 명도 넘지 못했다. 죽순 손질과 볶음은 조회 수 1만으로 끝이었다. 그래도 꾸준히 일주일에 한두 개 영상을 업로드했다. 조회 수가 적어도 굴하지 않았다. 그 과정에서 한 가지 사실을 알게 되었다. 어떤 연령층의 시청자이든 쉽게 요리할 수 있는 음식의 영상을 좋아한다는 사실이었다. 이 깨달음은 내가 한 단계 발전하는 데 디딤돌이 되었다.

얼마 전에 구독자 4,000명을 넘었다. 이후로는 계속 순항 중이다. 구독자와 시청자 덕분에 감사한 삶을 살고 있다.

더 열심히 업로드해야겠다고 시시때때로 다짐한다. 집안일에, 손주 돌보기에 바쁜 일상 속에서도 나의 삶을 꽃피우겠다는 생각에 부지런을 떨고 있다. 나는 오늘도 나의 어깨를 토닥이며 속삭인다.

"고생했어. 고마워."

조회수 14만을 찍게 해준 고구마 말랭이 유튜브.
시중에 파는 말랭이가 비싸서 직접 고구마를 삶고 말리고 해서
말랭이를 만들어봤다. 고구마 철이기도 해서 나의 유튜브 중
가장 많은 조회수를 기록했다.
영어 자막도 가끔 써서 다른 나라 사람들에게도
우리의 음식을 알리게 신경을 썼다.

아무 일도
시작하지 않았다면

관심과 호기심은 모든 것의 출발점일 것이다. 관심과 호기심을 가진 만큼 알게 되고, 아는 만큼 보이고 들린다. 많은 이들이 이에 공감하며 살아갈 것이다.

유튜버로 살면서 생활에 변화가 찾아왔다. 많은 것에 관심과 호기심이 생겼다. 글을 쓰고자 마음먹은 것도 유튜버로 살다가 생긴 관심과 호기심이 그 바탕이다.

유튜브를 하다 보면 다른 채널도 보게 된다. 보다가 동조가 되기도 한다. 때로는 열심히 하는 모습을 보면서 스스로를 반성하기도 한다. 짧은 시간에 많은 것을 보고 배우기도 한다. 그러다 보면 자연스럽게 새로운 분야에 관심과 호기심이 싹튼다.

사람은 무언가를 하다 보면 연관된 것이나 새로운 것에 관심이 생기는 모양이다. 그것이 본능인 것 같다. 농사에서도 이 본능은 발휘된다. 나는 땅콩을 심어본 뒤 작두콩 모종을 두 개 심었다. 내년에는 빨간색 무를 조금 심으려 한다. 새로운 작물에 호기심애 생겨 그러는 것이다. 혹시나 땅콩 농사를 망가뜨린 두더지에게 또 당할지도 모르겠지만 관심 있는 작물을 심어보려 한다. 두더지란 놈은 작은 포클레인 같았다. 까맣고 조그만 녀석이 조그만 발로 굴을 일정하게도 파놓았다. 땅콩을 캐려고 땅을 호미로 파보니 동그란 구멍이 쭉 연결되어 있었다.

중간중간 땅콩을 먹고 흔적을 남기기도 했다. 군데군데 땅콩 껍질이 쌓여 있었다. 혹시 두더지도 관심과 호기심이 많을까? 그래서 새로운 작물에 또 용기 있게 덤벼들까?

누구나 처음에는 다 서툴기 마련이다. 운전도 '초보 운전'에서부터 시작한다. 실수하고 사고 위험도 겪으면서 베스트드라이버가 되어 간다. 나도 초보 유튜버로서 고생 좀 했다. 매실 장아찌 영상을 업로드하는 데 10일이나 걸렸다. 설탕이 들어가는 양에 따라 아삭함이 다르므로 여러 방법으로 시도했다.

아기들도 넘어지며 걸음마를 배운다. 나도 아기처럼 요리를 배웠다. 처음 요리를 배울 무렵에는 못 하는 음식이 더 많았다. 잘하고 싶어서 한식 조리사 공부를 시작했었다. 그 시절에는 집에서 돌이나 백일잔치 음식을 장만했었다. 집들이 음식도 만들었다. 결혼식 음식을 준비하기도 했다. 그러다 보니 가족 중 음식 솜씨가 좋은 사람이 묵도 쑤고, 오징어나 홍어도 무치고, 전도 부쳤다. 요즘은 그때에 비하면 참 편한 세상이다.

요리 콘텐츠를 올리는 유튜버로서 다른 유튜버의 요리 영상을 볼 때가 있다. 나와는 무엇이 다른지 비교하고, 배울 점은 배운다. 가끔은 나보다 잘한다는 생각에 의기소침해지기도 한다. 인생이 늘 힘차고 즐겁지만은 않다는 걸 알면서도 그런 생각이 찾아든다. 나이 들어도 마찬가지다.

오늘도 그런 경험을 했다. 그래서인지 거울 쳐다보기도 싫었다. 앞머리가 더 하얘지고, 얼굴의 잡티도 한층 많아진 느낌이었다. 평소 사진을 찍어도 친구들보다 나이가 들어 보일 때가 많은데, 어쩌자고 이럴까?

참 이상한 것이 있다. 같은 얼굴인데도 왜 그날 컨디션에 따라 다르게 보일까? 아름다움을 향한 갈망을 내려놓지 못해서일지도 모르겠다. 마음공부를 더 해야겠다. 잃는 것이 있으면 얻는 것이 더 많겠지, 하는 긍정의 힘으로 살아야겠다. 나이를 먹는 것이 아니라 잘 발효되고 익어가고 있다며 스스로를 위로해본다.

이런 와중에도 무언가에 관심과 호기심이 생긴다. 아직 건강하다는 증거인 것 같다. 아직 발산하며 살 때라는 계시인 것 같다. 이런 느낌이 감사하다. 생각을 바꾸고 새로운 공부에 도전해야 삶이 바뀐다. 계속 그 자리에 머물면 그대로이다.

관심과 호기심은 또 다른 세상으로 나아가는 문이기도 하다. 나는 글쓰기 세상에 그 문을 열고 들어왔다. 글쓰기 특강을 받고, 딸의 도움도 받아 글쓰기에 도전했다. 글을 써본 적이 없었다. 쓰려고 생각해본 적도 없었다. 그런 내가 겁도 없이 시작한 것이다. 서울 교대에 있는 스터디 카페 코지에서 일주일에 한 번씩 3주 과정의 수업을 들었다. 이은대 작가님의 글쓰기 강의를 들었다. 그렇게 노력하니 조금씩 나아지기 시작했다. 쓸 용기가 생긴 것이다.

조금씩 쓰기 시작했다. 학교 졸업 이후 일기도 쓰지 않았던 내게 기적이 일어난 것이다. 처음 글을 썼던 날, 커피를 마신 탓인지 모르겠지만 뜬눈으로 밤을 보냈다.

나는 내 안에서 일어난 새로운 변화를 기꺼이 받아들였다. 글을 완성했을 때의 성취감보다는 쓰면서 배우게 될 많은 정보들과 내 자신의 변화를 즐기자고 마음먹었다. 그랬더니 글쓰기가 힘들지만은 않았다. 세상을 바라보는 다른 눈도 생겨나고 있는 것이 느껴졌다.

교보문고에서 열린 어느 저자 강연회에 다녀왔다. 남다른 생각으로 도전하고 꾸준한 자기계발을 해서 책을 출판한 저자를 보면서 의욕을 느꼈다. 교보문고의 많은 책들을 보면서 수많은 저자들이 저마다 꿈꾸고 전하기를 갈망했을 말들을 상상했다. 그 말들이 사라지지 않기를 응원했다. 나의 말들도 언젠가 교보문고의 한 자리에 조용히 자리 잡을 수 있기 때문이다.

언젠가 한근태 작가님의 강연회도 다녀왔다. 기업 컨설팅과 강연을 주로 하는 작가님은 몇 권의 책을 출간한 분이다. 여전히 계속 집필 중이다. 육순이 넘었음에도 열정으로 사는 그 모습에서 나는 나의 밝은 미래를 본 것만 같았다.

강연회에서는 한 기업가의 이야기를 듣고 왔다. 발상의 전환이 많은 부를 누릴 수 있는 비결임을 배우고 왔다. 남과 조금 다른 예리한 관찰력과 생각이 남들이 포기했던 기업을 흑자로 돌린 이야기가 생생하게 다가왔다.

아무 일도 시작하지 않았다면 나는 지금 어떻게 살고 있을까? 아마도 보통의 주부들처럼 산책이나 운동을 하면서 일상을 보냈을 것 같다. 또한 손주들을 돌보며 살았을 것이다. 그것이 꼭 나쁘다는 것은 아니다. 삶의 질이 떨어지는 삶이라는 것도 아니다. 다만 움직임을 좋아하는 나로서는 만족하기 힘들었을 것 같다는 이야기다.

배우는 즐거움은 나이를 막론하고 아름다운 진화가 아닐까 싶다. 나는 아름답게 진화하고 싶다. 진화해서 좋은 기운을 세상에 전하고 싶다. 열심히 살아가는 이들과 나누고 싶다.

인생의 길은 여러 갈래다. 선택은 본인의 몫이다. 어떤 선택을 하느냐에 따라 다른 세상을 맛볼 수 있는 특권을 가질 수 있다. 나는 그 특권을 바라는 것뿐이다.

작은 컴퓨터의 시대

페이스북, 인스타그램 등의 SNS와 유튜브를 즐기는 사람들이 늘어나고 있다. 콘텐츠를 즐기는 것을 넘어서 직접 콘텐츠를 등록하거나 직업으로 올인하는 사람도 종종 볼 수 있는 시대가 왔다.

SNS와 유튜브에서 인기 있는 콘텐츠는 동영상이다. 그런데 글과 사진보다 상대적으로 동영상을 만드는 일은 겁을 먹기 쉽다. 동영상 제작은 촬영과 편집 등 여러 과정을 거쳐야 한다. 많은 시간과 노력을 투자해야 한다. 볼 만한 콘텐츠를 만들어야 하는 것은 당연하다. 구독자를 끌어들이려면 남과 차별화된 독창성은 필수다. 자신만의 색깔이 있는 동영상이 노출될 확률이 크다. 물론 꾸준함도 필요하다. 지속적으로 동영상을 만들어 업로드해야 한다.

짧은 SNS 바이럴 영상 하나로 수익을 올리는 경우도 있다. '바이럴Viral'은 '바이러스virus'와 '오럴Oral의 합성어라고 한다. 즉 입에서 입으로 소문이 바이러스처럼 퍼져나간다는 뜻이다. 일종의 신조어로, 인터넷 매체의 광고다.

유튜브 영상에서는 섬네일로 시청자를 끌어들이기도 한다. 섬네일은 앞서 언급했지만 영화 포스터와 같다. 작은 크기의 견본 이미지로, '마중그림'이다. 크리에이터가 전하려 하는 메시지가 한눈에 보이도록 공을 들여 만든다. 조회 수를 올리기 위해서는 매력적인 마중그림이 필요하다.

유튜버가 되기 위해 해야 할 일이 많다는 느낌이 드는가? 로마는 하루아침에 이루어지지 않았다. 인기 유튜버도 단시간에 되기는 어렵다. 끊임없이, 공부하면서 나아가야 한다.

서울을 가려고 지하철을 타면 손안에 '작은 컴퓨터'를 든 채 집중하며 보고 있는 사람들이 많다. 예전에는 지하철에서 신문을 많이 봤다. 내릴 때 선반 위에 신문을 두고 내리기도 했다. 그러면 다른 사람이 자연스럽게 가져다 보기도 했다. 일종의 공유였다.

스마트폰의 보급으로 공유의 속도와 범위는 신문의 시대와 비할 수 없을 만큼 커졌다. 요즘은 지하철에서 책을 보는 사람도 드물다. 스마트폰에 이어폰을 연결해 영화, 스포츠, 뉴스 등 여러 영상을 본다. 책도 본다. 물론 유튜브도 본다. 유튜브는 대대적인 공유를 창출해낸다.

어차피 세상은 바뀌었고, 지금도 바뀌어가고 있다. 모바일이 손안에서 모든 것을 가능하게 한다. 딸도 아이들 키울 때 기저귀며 분유,

유아용품, 먹거리 등을 다 모바일로 주문했다. 모바일로 유튜브를 보며 지식도 쌓고, 정보도 얻고, 소통도 한다. 융합과 연결이 모바일 안에서 이루어진다. 이 거대한 변화 속에서 살려면 자신이 변해야 한다. 물론 종이 신문을 열심히 읽는 것도 공부가 많이 되지만 그것만 들여다보고 있어서는 뒤처지기 십상이다. 신문뿐 아니라 방송도 유튜브를 중심 채널로 삼고 있는 세상이다.

유튜버가 되고 싶다면 사소한 정보라도 기록하면서 준비할 것을 권한다. 내 경험상 기록하지 않아 잊은 것이 많기 때문이다. 절대 안 잊을 것 같은 것도 시간이 흐르면 안개처럼 희미해진 경우가 많았다. 요리를 배울 때에도 그랬다. 선생님이 먼저 요리를 완성한다. 그다음은 조원끼리 한 사람이 파 썰면 다른 사람은 양파 다듬고 하며 음식을 완성한다. 그런데 조리법을 노트에 적지 않으면 얼마 뒤 잊고 만다. 선생님이 노트에 세세히 적으라고 강조해도 이상하게 나는 말을 안 들었다. 안 잊을 거라 자신했기 때문이다. 하지만 웬걸! 시험을 치를 때 기억이 가물가물해져서 갈팡질팡하고 말았다.

이런 일도 있었다. 몇 년 세월이 흐른 뒤 오랫동안 안 해본 음식을 다시 해보려고 했었다. 하지만 조리법이 전혀 기억이 나지 않아 포기해 버렸다.

유튜브 공부를 할 때에도 기록하지 않는 버릇이 또 튀어나왔다.

"엄마, 일기에 써서 남겨놔."

딸이 진심 어린 충고를 했지만, 나는 가볍게 무시했다. 6개월 뒤 책을 쓰기로 작정한 나는 참고하려고 노트를 펼쳤다. 그런데 며칠 분량의 기록밖에 없었다. 후회막급이었다.

유튜버로 첫 발을 내디딜 때는 아무도 내 영상을 안 본다는 전제하에 동영상을 찍는 것이 좋다. 초반에 너무 욕심내다 보면 힘도 빠지고, 몸도 망가진다. 그러면 실망이 커지면서 자칫 포기하게 된다. 편집을 하다 보면 남보다 잘하고 싶은 욕망이 생기는 것은 당연한 현상이다. 그러나 자기가 할 수 있는 만큼 해야 한다. 아무도 안 본다는 생각으로 부담 없이 많은 동영상을 만들다 보면 어느 순간 실력이 붙는다. 본인도 모르는 사이 조회 수도 올라갈 것이다.

나는 파워포인트를 몰라 초반에는 섬네일을 만드느라 무척 고생을 했다. 섬네일은 내 동영상의 간판이니 대충 만들 수가 없었다. 핸드폰을 컴퓨터에 연결해 사진을 저장하는 일에도 실수 연발이었다. 젊은이들은 금방 이해하고 쉽게 해버리는데, 나는 왜 잘 못하는지 스스로가 한심스러웠다. 힘들게 만들어 저장하려는데 사용할 수 없다는 메시지가 뜬 적이 한두 번이 아니다.

아들에게 말해서 파워포인트를 새롭게 다운로드 받았다. 하지만 파워포인트 실력이 늘지 않아 포기해버렸다. 그냥 스마트폰으로만 했다. 그래서 원하는 대로 멋진 섬네일은 못 만들지만 마음 편하게 만들고 있다.

설명을 들으면 금방 할 것 같은데 막상 하면 안 되는 경우가 많았다. 이 경우 특별한 해결책은 없었다. 반복적인 연습 외에는. 연습만이 살길이다.

유튜브는 누구나 영상을 올릴 수 있는 장점이 있다. 그렇지만 이 장점 때문에 쉽게 접근했다가 상처받는 사람들도 상당수다. 구독자가 안 늘어나니 신이 날 수가 없는 것이다. 또한 공들여 만든 티가 안 나는 영상은 악성댓글도 더 많이 달리는 편이다. 악성댓글만큼 사람의 마음을 무너뜨리는 것은 없다. 여하튼 이러저러한 이유로 포기하는 사람이 많다. 포기할 수밖에 없는 상황에 맞닥뜨리지 않으려면 열심히 공부하면서 하는 수밖에 없다.

유튜브는 줄타기 같다. 신이 나지만 떨어질 위험도 있다. 곡예사가 그렇듯 실제로 떨어지기도 한다. 나도 떨어져봤다. 하지만 다시 올라탔다. 줄 위에서 신나게 한바탕 놀고 싶어서.

유튜버라면
거북이처럼

개인 영상 시대, 1인 미디어 시대의 장점은 무엇일까? 자신을 드러내기 쉽고 인정받기도 유리하다는 점 아닐까 싶다. 물론 인정 대신 비난을 받을 위험도 있지만 어쨌든 그 과정이 수월해지고 간결해진 것은 사실이다. 어쩌면 내 안에도 스스로를 드러내고 싶은 마음이, 인정받고 싶은 마음이 있었던 듯하다. 그 마음이 유튜브의 세상으로 나를 인도했는지도 모른다.

유튜브를 시작할 때 처음 몇 가지는 컴퓨터로 해야 한다. 처음 계정 만들기, 최종 화면 설정, 채널 만들기 등은 아직 모바일로는 안 된다.

유튜브에 동영상을 업로드하려면 유튜브 스튜디오 앱, 편집할 수 있는 앱을 다운 받는 것이 유리하다. 예전에는 디지털카메라로 찍어서 영상을 올렸다. 지금은 스마트폰의 카메라 기능이 우수해서 디지털카메라는 필수가 아닌 선택이 되었다.

나 또한 스마트폰으로 동영상을 찍는다. 카메라보다 가벼워 사용하기 편하고, 편집도 가능하다. 개인적으로는 스마트폰에 아주 만족한다.

비싼 카메라를 고집하는 유튜버도 있다. 정교한 촬영, 순간 포착, 자연 풍경 등을 콘텐츠로 삼는다면 카메라가 좋은 영상을 얻을 수 있다. 요리 화면만 찍는 나에게는 스마트폰이면 충분하다. 스마트폰은 업로드하기도 편하다.

얼마 전에는 동영상을 찍다가 부주의로 스마트폰을 떨어뜨렸다. 액정이 깨져서 서비스센터에서 교체했다. 그 사이 적지 않은 불편을 느꼈다. 일상생활에서 스마트폰의 역할이 크다는 것을 다시 한 번 확인하는 순간이었다. 카카오톡으로 모임 장소도 공지하고, 식당 약도까지 복사해 보낸다. 글로 수다를 떨고, 의논도 한다. 스토리에는 일기처럼 사진을 남기며 일상을 공유하기도 한다. 스마트폰은 여행의 필수 동반자이기도 하다. 대부분 스마트폰을 카메라 대신 사용한다. 카메라를 가지고 오는 사람이 극히 드물 정도다. 길을 모르면 스마트폰으로 지도를 검색해 찾아가기도 한다.

예전에는 여행을 갈 때 카메라를 꼭 챙겼다. 디지털카메라가 보급되기 전에는 필름도 함께. 아이들 어릴 때가 아련히 떠오른다. 사진 찍다가 필름이 떨어져 부랴부랴 근처 가게에 가서 필름을 사온 적이 있다.

디지털카메라를 막 쓰기 시작했을 때는 사진을 찍어 컴퓨터와 USB에 저장했다. 그런데 이사하면서 USB를 잃어버렸다. 사진 일부와 추억의 조각이 허망하게 사라져버렸다. 요즘은 스마트폰으로 클라우드 같은 가상공간에 저장할 수도 있어서 스마트폰을 잃어버려도 추억이 소실되는 일이 드물다. 스마트폰 자체의 저장 공간도 커서 정말 많은 추억을 담을 수 있다. 언제든지 추억을 소환하기도 쉽다.

스마트폰 액정을 교환하면서 이렇게 여러 가지 상념에 젖었다. 스마트폰이 새삼 고마웠다.

만학도로 공부했던 남편도 스마트폰에 많이 의지했다. 교수님 강의를 스마트폰으로 녹음해서 출퇴근길에 반복해 들으며 공부했다. 스마트폰이 예전보다 쉽게 공부할 수 있는 환경까지 만든 것이다. 주변 사람에게 이런 말도 들었다. 아빠가 동화책을 읽는 소리를 녹음했다가 아빠 없을 때 아이들에게 아빠 목소리로 동화를 들려준다는 것이다. 정말 스마트폰의 진화로 많은 변화가 생겼다. 세상 참 좋아졌다.

나는 유튜버로 활동하면서 스마트폰으로 30개 이상의 영상을 찍어 업로드했다. 지인 몇 명도 스마트폰만으로 업로드하고 있다. 아직은 초보 단계라 그런지 불편함을 모른다고 했다. 나도 불편함을 못 느낀다.

오늘은 경기도 1인 크리에이터 아카데미에서 주최하는 패밀리데이에 참석했다. 유튜버의 일은 동영상 촬영이 전부가 아니다. 부지런히 발품을 팔아서 하나라도 정보를 손에 넣어야 한다. 페밀리데이에서는 성공한 크리에이터의 성장 과정과 노하우를 들었다. 질문도 하고 답변도 받았다. 그 결과 나는 성장의 동력을 얻고 왔다.

유튜브의 세계가 호락호락하지는 않다. 남보다 한 번 더 시도해야 하고, 남보다 한층 더 노력해야 한다. 그래야만 남보다 한 발 앞설 수 있다. 특화되지 않은 동영상은 시청자의 관심을 받기 어렵다. 주목을 끌 만한 콘텐츠를 지속적으로 만들어내기도 힘들다. 그러면 당연히 구독도 늘지 않는다. 구독자가 늘지 않으면 유튜브 세계에서 버티기가 쉽지 않다. 치킨집이나 커피 전문점도 동네 상가에 한 집 걸러 하나씩 생겼다가 사라지기 일쑤다. 이런 현상은 유튜브에서도 동일하게 일어난다. 어필해야 한다. 어필하려면 부지런히 뛰며 개발하는 수밖에 없다.

한번은 감기몸살이 심하게 걸렸다. 온몸이 아프고 잠만 쏟아져서 만사가 귀찮았다. 약을 먹고 사흘 동안은 잠만 잤다. 독감이 아닌데도 일주일 이상 고생했다. 최소 일주일에 한 번은 업로드를 해야 하는 것이 부담으로 작용했다. 피로가 누적되어 몸이 쉬라고 경고를 준 것이라고 생각했다. 살아가는 데 쉬운 것은 없다.

노력하면서 발전해 나가는 수밖에 없다. 노력하고 배우면 알아가는 즐거움을 누릴 수 있다. 그것은 새로운 부가 서비스이다. 노력하는 요즘이 나에게는 보람되고 아름다운 삶의 시간이다. 게다가 노력하는 사람들과 어울리는 시간도 늘어났는데, 그들과 함께할 수 있다는 것도 축복이다.

유튜버로 산다면 구독자 수가 금방 안 늘어난다고 포기하지 말자. 거북이처럼 천천히 나아가자. 일단은 완주한다는 생각으로 끈질기게 나아가자. 그래야만 유튜브 세계에서 유튜버의 인생을 누릴 수 있다. 구독자가 늘지 않는다면 문제가 무엇인지 스스로를 되돌아보면 된다. 공부를 하면서 새로운 방법을 시도하면 된다. 기획도 새롭게 해 보는 것이다. 그렇게 꾸준히 업로드를 하면 어느 순간 만족할 만한 결과를 얻을 수 있을 것이다.

어느 날 모임을 가려고 집을 나섰다. 지하철역까지 왔다가 그제야 스마트폰을 두고 온 것을 알았다. 다시 집으로 발걸음을 돌려야 했다. 스마트폰과 지갑이 한 몸에 붙어 있는 것을 쓰고 있기 때문에 지하철을 탈 수가 없었다. 다시 강조하지만, 이제는 스마트폰과 사람은 떼려야 뗄 수 없는 관계가 된 듯하다.

유튜브에는 스마트폰 사용법을 알려주는 콘텐츠도 있다. 스마트폰 전성시대, 유튜브는 그 시대의 히로인이다. 스마트폰으로, 유튜브로 나의 삶은 달라졌다. 제2의 인생을 즐겁게 누릴 수 있는 디딤돌을 놓았다. 현대 문명은 삶의 질을 높이기도 하고 낮추기도 한다. 전자이냐 후자이냐는 본인이 다스리기 나름일 것이다.

구독자 천 명과 원하던 날

내가 기다리던 날이 선물처럼 찾아왔다. 구독자 1,000명을 돌파하자 구글에서 메일이 왔다. 광고가 붙어서 수익이 생긴다고 했다. 원하던 날이 예상보다 빨리 찾아왔다.

유튜버들은 보통 6개월 또는 1년쯤 꾸준히 하다 보면 구독자가 1,000명이 된다고 말한다. 물론 예외는 있다. 드물게는 초반에 노출되기도 한다. 반면 지속적으로 시청자가 들어오지 않는 경우도 있고, 1년이 지나서 서서히 구독자가 늘어나는 채널이 있다. 즉 채널마다 다 다르다.

유튜버는 틈틈이 구독자가 늘어나는 것을 체크해야 한다. 댓글도 달고 하트도 눌러주며 소통해야 한다. 그래야만 구독자를 계속 붙잡을 수 있고, 새로운 구독자도 끌어들일 수 있다.

나는 30개 이상의 영상을 올리고 7개월 만에 행운의 주인공이 되었다. 일주일에 한두 편 영상을 업로드 했다. 구독자 1,000명이 넘자 일주일 만에 구독자가 또 500명 이상 늘고, 조회 수도 막 올라가기 시작했다. 기적 같은 일이 나에게 일어나고 있었다. 얼마 전까지만 해도 구독자가 일주일에 10명 미만으로 들어왔었다.

이 글을 쓰고 있는 현재 6,000명의 구독자로 늘어났다. 약간의 변동은 있겠지만, 오늘까지 추정 수익이 1,000달러이다. 유튜브 스튜디오란 어플을 깔면 매일 혹은 이틀에 한 번씩 추정 수익이 변하는 것을 쉽게 확인할 수 있다. 자고 일어나서 '오늘은 광고를 얼마나 보았을까?' 기대하며 추정 수익을 확인하는 낙도 크다.

나는 예상 밖의 큰 수익이 난 편이다. 보통 많은 동영상 중 1개의 동영상이 노출되면 5만 원에서 10만 원 정도 들어온다고 들었기에 큰 기대는 하지 않았었다. 그랬는데 예상 밖의 수익이 난 것이다. 1년을 잡으며 '천천히 가리라' 마음먹었는데, 7개월 만에 성과를 올린 것이다. 유튜버들이 자주 쓰는 표현대로 '터졌다'고 할 수 있었다.

다른 채널을 운영하는 유튜버는 구독자 5,000명일 때 수익이 30만 원이라 공개하기도 했었다. 그러나 채널마다 다르기에 꼭 이렇다 말하기는 어렵다.

아들에게 전화해서 자랑했다.

"엄마 이번 달 추정 수익이 천 달러야."

아들네에게 한턱냈다. 이번 달에는 지급이 마감되어 다음 달 말경에 돈이 들어올 거라 했지만 미리 밥을 샀다.

딸네도 손주들을 데리고 갈빗집으로 가서 저녁을 샀다. 손주들이 얼마나 맛있게 먹던지 보기만 해도 배가 불렀다.

처음으로 돼지갈비를 실컷 먹은 네 살배기 손자가 말했다.

"할머니, 배가 많이 아파."

나는 농담 삼아 이렇게 대꾸했다.

"약국 가서 소화제 사서 먹자."

그랬더니 손자가 하는 말.

"소화제는 안 먹을 거야. 약만 먹을 거야."

그 말에 모두들 한바탕 웃었다.

노년에 이런 호사가 어디 있겠는가. "안 먹어도 배부르다"라는 말이 딱 나를 두고 한 말 같았다.

요즘에는 은퇴 이후의 삶을 고민하는 중년들이 많다. 지속적인 수입이 있어야 해서 이것저것 공부를 하고 각종 자격증을 따며 은퇴 이후를 대비한다고 한다. 그러니 나는 호사를 누리는 것이 틀림없었다.

유튜버의 광고 수익은 큰 채널을 제외하고 매달 다르다고 한다. 광고를 봐야 수익이 생기는 시스템이라 시청자가 많이 들어와서 광고를 얼마나 보느냐에 따라 달라진다. 따라서 끊임없이 시청자의 눈높이에 맞추어 새로운 영상을 기획하며 업로드하는 수밖에 없다.

나의 동영상은 평소 조회 수 2~3만을 찍었다. 그런데 고구마 말랭이의 조회 수가 10만을 넘었다. 일명 노출이 된 것이다. 유튜브 구독자가 1,000명 이상이며, 동영상 수가 많고 증가율이 빠른 영상들은 유튜브에 상위에 노출시켜준다. 연이어 찹쌀 호박떡으로 20만을 찍었다. 〈대추차 만들기〉, 〈약식 만들기〉. 〈김장김치 맛있게 하는 방법〉, 〈팥죽 만들기〉 등 한 번에 여러 개의 동영상이 동시에 조회 수가 늘었다. 신명나는 하루하루였다.

좋아하는 일을 하며 돈도 벌다니, 신기할 따름이었다. 처음에는 힘이 들었다. 지인들을 만나면 투정도 부렸다.

"손주들 봐야지, 영상도 올려야지, 바쁘고 힘들어."

그러면 지인들은 이렇게 대꾸했다.

"바쁜데 뭐 하러 사서 고생해?"

지금은 이런 반응으로 바뀌었다.

"대단하다. 정말 돈이 나와?"

정말 돈이 나온다. 모든 것에 감사하고 보상받은 느낌이다. 더불어 스트레스를 말로 풀려했던 나를 받아준 지인들에게 감사하다.

광고 시장이 TV에서 유튜브로 옮겨오고 있다고 한다. 유튜브의 시청률이 올라가니 광고 시장도 변화가 일어나는 것이다. 자본주의 시장은 돈을 따라 움직이는 것이 생리이니 일면 자연스러운 현상일 것이다. 유튜브의 앞날이 어찌될지 자못 궁금하다.

많은 사람들이 유튜브에 뛰어들고 있다. 먹거리 전쟁과 비슷한 느낌이다. 유튜브에서 하나라도 더 먹으려고 수많은 유튜버들이 다투는 중이다. 다 성공하는 것도 아니고, 다 실패하는 것도 아니다. 호락호락하지 않은 시장에서 살아남기 위해 누구나 고군분투한다. 뛰어들 때는 단단한 각오로 임하기를 바란다.

돈이 되는 시장이기 때문에 치열하다고 본다. 돈이 안 되는 시장이었다면 유튜브가 지금처럼 거대하게 성장할 수 있었을지는 의문이다. 나는 유튜브가 치열하지만 공정한 시장이라고 생각한다. 그 시장에 발을 들이느냐 마느냐는 본인의 선택이다.

어제 여러 젊은 유튜버들을 만났다. 그들 중에 이런 사람이 있었다.

"회사일과 유튜브를 병행하다 보니 잠잘 시간도 없이 힘들어요. 잠시 휴업하려고요."

그 마음이 충분히 이해가 갔다. 꾸준히 동영상을 만들어 업로드하는 일은 상당한 에너지가 소모된다. 처음부터 무리하면 지쳐 포기하기 십상이다.

젊은 유튜버들과의 대화 중에 이런 이야기도 나왔다.

"언제 구독자 천 명을 돌파할까요?"

이것은 모든 유튜버들의 공통된 희망이라고 생각한다.

> 희망을 품고 있다는 것은 어찌 보면 미래가 불확실하다는 것의 반증일 수도 있다. 그래도 오늘 사과나무를 심으며 살아가야 하지 않겠는가? 언젠가 주렁주렁 열릴 사과들을 마음속에 그리며.

한 치 앞도 모르는 것이 인생이지만 나는 열심히 사과나무를 심으며 제2의 인생을 만들어 가고자 한다.

chapter 4

주코코맘이 꿈꾸는 미래

어쨌든 나는
쓰고 있다

변화하기 위해서는 도전해야 한다. 도전을 위해서는 공부가 우선이다. 누구나 더 나은 삶을 꿈꾼다. 그러나 그 삶을 위해 노력하는 사람도 있고, 그저 꿈만 꾸는 사람도 있다. 공부하지 않으면, 움직이지 않으면 그 꿈은 허상에 그친다. 아무 변화도 일어나지 않는다.

내가 만약 귀찮고 힘들다고 유튜브에 도전하지 않았다면 지금처럼 호사를 누리지 못했을지 모른다. 물론 유튜브를 하지 않았어도 평범하게는 살았을 것이다. 살아가는 데 손톱만큼도 지장은 없었을 것이다. 하지만 재미는 없었을 것 같다. 제2의 인생은 그저 잔잔하게만 흘렀을 것 같다.

유튜브를 시작하면서 제2의 인생에는 파도가 치고, 그래서 아슬아슬하지만 흥미진진해졌다. 인생에 반전이 일어난 것이다. 돈이 들어오고부터는 더욱 변화를 실감했다. 아침에 창가로 들어오는 햇살조차 더 따사로웠다. 포근한 마음으로 하루를 시작할 수 있었다.

다방면에 관심이 생겼다. 책에도 별 관심이 없던 내가 책을 보고, 책의 리뷰도 세세히 살피게 되었다. 유튜버로 활동하려면 공부해야 했고, 공부에는 책만 한 것이 없었다.

도널드 밀러의 《무기가 되는 스토리》를 읽었다. 스타벅스의 성공 비결이 나와 있었다. 스타벅스가 폭발적으로 성공한 것은 고객에게 커피를 제공해서가 아니라고 했다. 고객들이 휴식을 취할 수 있는 편안하고 세련된 환경을 제공한 것이 성공의 주요 요인이라고 했다. 고객들은 커피를 마실 때마다 휴식이라는 큰 가치를 얻을 수 있었기에 한 잔에 3~4달러 하는 커피에 기꺼이 돈을 지불한 것이라고 했다.

저자는 스타벅스, 탐스, 애플과 같은 브랜드들이 열정적인 추종자들을 거느리고 시장에서 승승장구하는 이유도 설명했다. 그 브랜드들은 '고객이 변화를 갈망하고 도움이 필요한 사람'이라는 것을 알기 때문이라고 했다. 그것을 알기에 성공하는 것은 당연한 일이라고 했다. 또한 저자는 덧붙였다. 고객들은 기업의 스토리가 아닌, 자신들의 스토리에 관심이 있다고. 그래서 스토리의 주인공은 브랜드가 아니라 고객이어야 한다고.

마케팅에 관한 책이지만 유튜버에게도 도움이 되는 내용이었다. 유튜버에게 시청자나 구독자는 고객이다. 그러므로 고객을 우선해야 한다. 유튜버의 콘텐츠는 고객을 만족시켜야 한다.

글쓰기도 마찬가지다. 출판에 도전하기로 마음먹고 공부했다. 작가는 대중, 즉 독자에게 전하는 메시지를 정확하게 써야 한다고 배웠다.

안경을 쓰고부터는 더욱 책을 멀리했었다. 그런데 유튜브를 하면서 꼭 읽어야 할 상황이 되었다. 글쓰기에 도전하기로 마음먹고부터는 더더욱 그러했다. 눈이 피곤해도 견디면서 읽었다. 다행히 증상이 더 심해지지는 않았다. 잘 견뎌주는 내 눈과 내 몸이 고마웠다.

유튜브도, 책도, 글쓰기도 나에게는 모두 반전이다. 반전을 흥미진진하게 전개해가고 싶다.

책 쓰기를 시작했더니 더 바빠졌다. 그래도 노트북을 두드리는 소리가 사랑스럽다. 썼다 지웠다 반복하며 하얀 여백을 채워가는 과정은 나와의 싸움이다. 그 싸움이 힘겹지만 싫지 않다.

토요일에는 밭에 갔다 온다. 집에 오면 저녁 8시가 넘는다. 샤워하고 저녁 지어 먹으면 지쳐서 쓰러진다. 글을 쓸 기운이 없다. 일요일에는 농작물 손질을 한다. 일에 몰두하는 성격이라 역시 하고 나면 파김치가 되어버린다.

평일이라고 한가하지는 않다. 영상을 위해 음식을 하다 보면 어느새 저녁이다. 가끔 손주도 봐야 한다. 이러니 언제 글을 쓰겠는가? 바쁜 일상 탓에 글쓰기가 처음에는 망설여졌다. 책을 내고 싶은 욕심은 있는데, 몸이 따라주지 않았다. 글쓰기에 매달리다 보면 아무것도 하지 못해 어느새 집 안은 엉망진창이 되어버렸다. 두 마리 토끼를 잡는 일이 무척 힘들다는 것을 글을 쓰면서 절감했다.

4일 만에 A4 용지 한쪽을 겨우 채우기도 했다. 그만큼 글쓰기는 더

디고 지지부진했다. 그런데 어떤 날에는 스타벅스에서 커피와 함께 자판을 두드리면서 만족에 빠지기도 했다. 스타벅스에서 노트북으로 내 안의 무언가를 꺼내어 글을 쓴다는 것 자체가 축복이란 생각이 들었다. 그날 스타벅스에서는 글의 매듭이 쉽게 풀렸다. 노트북 두드리는 소리가 평소보다 빨라졌다.

글을 써본 적이 없는 내게는 글을 쓰고 있다는 것 자체만으로도 축복이다. 글을 쓰면서 눈물을 많이 흘렸다. 잊고 지냈던 과거로 소환되면서 흘렸던 눈물이다. 그 투명한 눈물을 통해 나를 한 겹 한 겹 들여다보았다. 어제의 나와 오늘의 나를 견주었다. 그리고 미래의 나를 상상했다. 글을 쓰면 이렇게 자기 성찰의 시간을 경험한다. 글쓰기의 좋은 점 중 하나라고 말하고 싶다.

처음에 글을 쓰려고 마음먹었을 때는 방해 요소가 많았다. 우선 생각들이 방해했다.

'이 나이에 내가 쓸 수 있을까?'

'나를 아는 사람들은 집에서 살림이나 하던 가정주부가 무슨 글을 쓰냐고 수군대지 않을까?'

'글에다 나를 온전히 드러낼 수 있을까?'

이 생각들은 나를 가로막는 벽이었다. 고통스럽지만 스스로의 힘으로 허물어야 했다. 허물고 성장해야만 했다. 그래야만 글을 쓸 수 있을 것만 같았다.

지금 완벽하게 허물었는지는 솔직히 자신할 수 없다. 그래도 단단한 벽에 가로막힌 기분은 아니다. 어쨌든 나는 쓰고 있으니까.

몇 년 전에는 로또를 자주 했다. 1년 가까이 로또를 계속 했다. 처음 몇 번은 오천 원어치 샀다. 번호 3개 맞은 적이 한 번 있었다. 투자한 만큼 소득이 없어 의기소침해졌다. 그다음부터는 2천 원어치만큼만 검은색 칠을 했다. 심심풀이 정도로만 여긴 것이다. 그래도 어김없이 꽝이었다.

이제는 번호 고르는 것도 귀찮아졌다. 그래서 '자동'으로만 몇 번 했다. 역시 당첨과는 거리가 멀어서 완전히 포기했다. 역시 살면서 공짜로 얻어지는 것은 없었다.

마트에서 물건 구매하면서 한 달에 한 번씩 하는 경품 추첨에 몇 번 도전하기도 했었다. 자전거, 청소기 등의 선물이 있었는데, 1등 선물은 김치 냉장고였다. 역시 한 번도 뽑히지 못했다.

한번은 모임에서 10만 원씩 걷고, '당첨'이란 글자와 '꽝'이란 글자를 쓴 뒤 접어서 뽑기를 한 적이 있었다. 그것도 쉽지 않았다. 나는 네 번째로 돈을 받았다. 결국 내 사전에 운은 없다고 생각하고 살게 되었다.

운이 없으니 노력하는 수밖에 없었다. 노력을 하다 보면 인생의 소중함을 느끼게 된다. 노력하는 사람은 아마 알 것이다.

노력은 언젠가 보상을 받는다고 믿는다. 노년에 접어든 나는 지금 보상받기 시작했다. 정말 하늘을 나는 기분이다.

나이 든다는 것은

나이 든다는 것은 붙잡을 수 없는 세월을 두 눈으로 목격하는 것이다. 그 서글픔을 깊숙이 품는 것이다. 현재를 받아들이며 현명하게 살아가는 것 외에 도리가 없다. 기왕이면 긍정의 마인드가 낫다.

나는 세월과 동행하며 성실하게, 알차게 오늘을 살 것이다.

나이 든다는 것은 경험과 노하우를 쌓는 것이다. 숙성하고 발효하면서 아름다움으로 승화시키는 것이다. 그러지 못하면 그저 늙는 것이다.

살아보니 별거 없었다. 영원한 것도 없었다. 돈을 벌려고 억척을 부리던 친구도 돌아올 수 없는 곳으로 떠났다. 백혈병으로 세 살배기 아기를 먼 곳으로 떠나보낸 새댁도 보았다. 그러한데 인생에 정답이 어디 있겠는가.

육체는 쇠약해져도 정신의 에너지는 그대로인 듯하다. '마음만은 청춘'이라는 말에 동감한다. 살아보니 정말 그렇다. 정신은 늙지 않는다.

거울을 보면 몇 달만 지나도 변화된 얼굴이 보인다. 서글픔이 밀려든다. 사진을 보아도 작년 다르고 올해 다르다. 전혀 손을 쓸 수가 없다. 얼마 전에 지하철을 탔다. 할아버지 한 분이 술 냄새를 풍기며 큰소리로 핸드폰 통화를 하고 있었다. 거침없이 핸드폰에 대고 욕을 하더니 휘청거리며 내렸다.

'저렇게 늙지는 말아야지.'

순간 그런 생각을 했다. 그리고 다짐했다.

'늙지 말자. 나이 들면서 아름다운 인생을 만들어가자.'

"나이 들면 주머니는 열고 입은 닫으라"라는 말이 있다. 주머니는 나이가 들어도 사정에 따라 열지 못할 수도 있겠지만 입은 닫을 수 있을 것이다. 열 때는 고운 말, 점잖은 말, 덕담만을 꺼낼 수 있을 것이다. 나도 그것을 실천할 것이다.

무엇이든지 생각하기 나름이다. 어떤 환경에 처하든 긍정으로 생각하면 긍정의 에너지가 솟고 운도 따른다. 반면 부정으로 생각하면 긍정의 에너지는 떨어지고 운도 도망간다. 살아보니 그랬다. 그것이 근거다. 음식을 할 때도 기분 좋게 만들어야 맛있는 음식이 된다. 즐겁게 요리해 보면 안다.

결혼 전 직장생활을 했다. 유난히 자기 돈은 안 쓰고 공짜로 얻어 먹는 것만 좋아하는 동료가 있었다. 자기 돈만 귀한 건지 이해할 수 없었다. 본인은 자기만 약은 줄 아는 것 같은데, 그렇지 않았다. 사람들이 그 속을 다 알면서 눈감아준 것뿐이다.

난 다른 사람의 돈도 귀하다는 것을 안다. 그래서 주머니에 돈이 있으면 밥을 산다. 마음은 언제나 부자이다. 마음이 가난해지면 쉽사리 늙는 것 같다. 주머니가 돈으로 꽉 차 있지 않더라도 조금이라도 나누려는 생각을 갖고 있다면 그 사람은 마음의 부자이다. 그 마음은 젊은 마음이다. 그 옛날 공짜만 좋아했던 직장동료는 그때 이미 젊음을 잃고 산 것이나 다름없다. 감히 그렇게 말한다.

꿈을 꾸는 마음은 젊고 건강하다. 꿈은 사람을 움직이게 만든다. 나는 언제까지 움직일 수 있을까? 이 질문에 자신 있게 답할 수는 없다. 다만 움직일 수 있을 때까지 움직일 것이고, 무언가에 도전할 생각이다. 나이 들어 보면 건강한 이 순간도 그저 감사할 뿐이다.

오늘따라 겨울바람이 세차게 분다. 그렇지만 마음만은 따스한 봄바람처럼 살고 싶다.

누군가를 미워하고 못마땅하게 여겼던 시간들도 있었다. 남과 비교하며 스스로를 미워했던 시절도 있었다. 언제부터인가 내 안에서 그런 모습들이 보이지 않았다. 세월이 미움을 모두 가져가버린 듯했다. 세월은 어떤 의미로 내게 선물을 준 것일까?

시간은 많은 것을 신기루처럼 변하게 해주는 능력이 있다. 시간의 미학이다. 시간 속에서는 굳이 오아시스를 꿈꿀 필요가 없는 것 같다. 오아시스조차 시간은 신기루로 만들어버리기도 한다. 나쁜 일도 지나가고, 좋은 일도 지나갈 따름이다. 따라서 그저 현실을 직시하며 사는 것이 제일이라고 생각한다. 그것이 시간 속에서 지혜롭게 사는 길이다.

현실을 직시하며 살면 내면의 아름다움을 꿈꿀 수 있다. 내면의 아름다움은 들꽃의 향기다. 들꽃은 온실 속의 화초보다 향기가 진하고 오래간다.

밭에서 꺾어온 국화의 향기가 오늘따라 더 진하다. 자판을 두드리는 내 코로 들어와 향기를 뿌린다. 오늘도 영상으로 대학 교수의 강의를 들었다. 4차 산업혁명에 관한 강의였다. 인공 지능, 3D컴퓨터, 빅 데이터, 사물인터넷 등 어렵지만 흥미로운 내용들이다. 세상이 바뀌었다는 것을 알려주는 정보들이다.

바뀐 세상에서 호사를 누리려면 스스로도 바뀌어야 한다. 세상이 바뀌게 만든 요소들을 공부하고, 손 안에 넣어야 한다. 그런 뒤에 맞이하는 아침은 한결 밝을 것이다.

길지도 짧지도 않은 인생. 우아하게 나이 들어가려면 '지금'을, 지금의 '금' 같은 시간을 잘 보내야 한다. 그것을 해내고 싶은 것이 내 꿈일지도 모른다.

법적 기준으로 65세를 노인이라 부른다고 한다. 그런데 요즘 65

세이면 청춘이다. 청춘인데 사회에서는 은퇴를 명하니 가슴 한구석이 아리다. 젊은 세대를 위해 물러나는 것도 노장의 미덕이라 어쩔 수 없다.

은퇴 후에 여행을 자주 다니는 지인들을 종종 본다. 여행은 아름다운 보상의 시간이라 생각된다. 나도 내년부터는 여행을 하며 재충전의 시간을 가질 예정이다.

여성은 갱년기가 오면서 불면증을 겪기도 하고, 더웠다 추웠다 체온 조절이 안 되기도 한다. 다른 여러 증상이 더 있다. 나는 오래전부터 이런 증상을 겪었다. 근래에는 일 년에 몇 번 이런 증상이 나타났다. 밭일도 하고, 유튜브도 하면서 피로가 쌓인 게 원인 같았다. 몸의 노화는 어쩔 수 없다. 받아들이고 순응하며 살아가야 한다.

불면증이 심할 때는 정말 힘들었다. 잠을 자려고 100부터 1까지 거꾸로 세기도 하면서 노력했지만 스트레스만 받았다. 밤새 잠을 못 이룬 탓에 다음날에는 멍하기만 했다. 불면증이 지속적이면 약의 도움이라도 받았을 텐데, 간헐적으로 찾아오니 약을 쓰기도 뭣했다.

그다음부터는 잠이 오지 않으면 아예 잠들기를 포기했다. 《성서》를 읽거나 신문을 읽었다. 새벽 4시까지 그러고 앉아 있던 적도 있었다. 그래도 그 시간쯤 되면 잠이 온다. 불을 끄고 잠을 청하면 비로소 꿀잠을 잘 수 있었다.

주말 농사를 짓기 전 밭에 흙을 더 메웠었다. 돌멩이가 엄청나게 많았다. 처음에는 돌멩이를 골라 버리는 것도 만만치 않았다. 농사는 포기하고, 시간 날 때마다 돌멩이만 부지런히 골라냈다. 농사짓기 좋은 땅을 만들려면 수고가 따른다는 것을 깨달았다. 인생도 기틀을 다지려면 수고가 따른다. 그 수고에서 행복이 싹튼다.

인생의 후반기에도 땅을 다지는 작업이 필요하다. 제2의 인생, 새롭게 다지는 것이다. 그 과정에서 파릇한 싹이 움틀 것이다. 그러면 더 이상 나이 드는 것이 두렵지 않을 것이다. 노년은 또 다른 성장일 수 있다.

노년의 열매는 더 달고 탐스러울 것이다.

고구마가
보여준 신세계

꿈은 꿈을 꾸는 자만이 이룰 수 있다고 한다.

오늘도 나에게 주문을 외우며 하루를 시작했다. 글을 쓸 수 있도록 생각의 지혜를 달라고.

얼마 전부터 문득 떠오르는 문구가 있다.

오늘도 무사히

예전에 버스에서 종종 보았던 문구이다.

난생처음 글을 쓰다 보니 막막할 때가 한두 번이 아니다. 그럴 때마다 '오늘도 무사히' 한 쪽을 쓰게 해달라며 주문을 외운다. 그 주문이 통할 때도, 안 통할 때도 있다. 의도치 않게 정신없이 휙휙 써질 때가 있고, 아무리 머리를 쥐어짜도 몇 줄도 못 넘길 때가 있다.

그래도 포기하지 않았더니 어느 순간 목표한 분량의 반을 채운 내 자신을 발견할 수 있었다. 그때 나는 다시 한 번 마음을 다잡았다.

'시작이 반이라고 했어. 끝까지 갈 수 있을까 걱정했는데, 반 이상을 달렸어. 남은 거리도 공부하면서 달리자. 꼭 완주하자!'

글은 새로운 세상이다. 나는 새로운 세상을 꿈꾼다. 꿈을 꾸며 살 수 있어서 감사할 따름이다. 오늘도 나는 더 나은 내일을 맞이하려고 분주히 자판을 두드리고 있다.

유튜버도, 글쟁이도 꿈에도 생각하지 않았던 일이다. 모두 딸 덕분에 꿈꾸게 되었다. 꿈을 꾸니 그것들이 소중해졌다. 시간도 소중해졌다. 소중한 꿈과 소중한 시간을 누리고 싶었다. 그래서 더 부지런히 보고, 배우고, 공부하게 되었다.

인생에는 여러 갈래의 길이 있다. 어느 길을 선택하든지 그 길에서 보람을 느끼며 부지런히 살아가면 그만이라고 생각한다. 그것이 행복의 지름길이라고 믿는다. 행복은 자기만족과 무척 가까운 거리에 있다.

지금 나는 읽고 쓰는 삶을 즐기고 있다. 이은대 작가님의 일일 특강을 들으며 동기부여가 생겼다. 남보다 글을 잘 써서 글쓰기에 도전한 것은 결코 아니다. 쓰면서 배우고 알아가는 즐거움의 시간을 누리고 싶어서였다.

이은대 작가님의 《강안독서》를 살며시 들여다본다.

> 한 권의 책이라도 제대로 읽기만 한다면 누구나 일정 수준 이상의 글을 쓸 수 있다는 사실을 나의 경험을 통해 증명하고자 한다. 제대로 읽고 잘 쓰고 싶은 목마름을 잘 안다. 《강안독서》를 통해 자신의 이야기가 백지 위에 그려지는 희열을 맛보길 바란다.

내가 "일정 수준 이상의 글을" 쓰고 있는지는 모른다. 다만 희열은 맛보았다. 한 권의 책을 읽고 알아가는 즐거움을 느꼈다.

책 속에는 삶을 변화시키고 성장시키는 그 무엇이 있다. 그것을 찾아내는 것이 '제대로' 읽는 것이라 생각한다. 그것을 찾아내면 풍요로운 삶으로 나아갈 수 있다고 생각한다.

> 누구나 글을 쓸 수 있고 책을 출간할 수 있는 시대이다. 읽고 쓰는 삶이 얼마나 축복인지, 한 사람이라도 더 알게 되길 바란다.

이 구절은 내가 용기를 얻어 글쓰기를 시작하게 된 계기가 되었다. 정말 누구나 글을 쓸 수 있다고 생각한다. 읽고 쓰는 삶은 큰 축복이다.

글쓰기에 도전한 이유가 한 가지 더 있다. 은퇴 이후 다른 삶을 시작하려는 사람들에게 동기 부여가 되고 싶다는 기대 때문이다. 단 한 사람에게라도 동기 부여에 도움이 된다면 만족할 것이다. 나는 다른 작가들보다는 문장력이나 표현력이 모자라다. 많은 지식을 전달할 능력도 부족하다. 그래도 지금까지 살아온 내 모습, 변화하려 애써왔던 내 모습을 보여주고 싶다. 내 삶이 누군가에게 도움이 될 수 있다는 믿음이 있어서다.

뭐니뭐니 해도 책을 읽고, 글을 쓰는 것 자체가 즐겁다. 그 일들을 할 수 있는 것 자체가 행복이다. 나는 행복에 대해 새롭게 눈을 떴다. 하고 싶은 일이 있는데, 그것을 할 수 있다는 것은 정말 큰 행복이라는 것을 알았다.

살면서 고통을 맛보지 않은 사람은 거의 없을 것이라 생각된다. 이별의 아픔, 사업의 실패, 건강의 상실 등 여러 가지 고통이 있다. 삶을 버겁게 하는 고통은 원하지 않아도 찾아온다. 이겨내는 수밖에 없다. 이겨내기 위해 미래를 향한 꿈을 품기를 바란다. 꿈은 오뚝이처럼 일어설 수 있는 힘을 준다.

E. 토어는 말했다.

"꿈꾸는 힘이 없는 자는 사는 힘도 없다."

아리스토텔레스도 꿈에 관해 한마디 남겼다.

"희망이란, 눈 뜨고 있는 꿈이다."

꿈을 꾸며 힘내서 살자. 정말 눈 뜨기조차 힘들 때도 많은 게 우리네 삶이지만.

어느 날, 조그마한 옹기에 점심으로 먹으려고 고구마 몇 알을 쪘다. 한창 찌는 중에 물을 조금 부었더니 탄내가 진동했다. 얼른 꺼내보니 고구마 껍질 부분이 조금 타버렸다. 그런데 물을 머금은 고구마는 알을 품은 듯 탱탱했다. 밑부분에서는 진이 나와 끈끈했지만 말랑말랑했다. 그러니까 맛이 더 좋았다. 둘이 먹다가 하나 죽어도 모를 만큼 맛났다. 깍두기와의 궁합도 환상이었다.

고구마를 먹기 전에 재미있는 일이 하나 있었다. 강아지가 내 다리 밑으로 쪼르르 달려와 앉는 것이었다. 고구마 냄새에 생존 본능이 발동한 것일 터이다. 살겠다고 부지런을 떠는 강아지가 귀여우면서도 애틋했다.

평소에는 고구마를 에어프라이어나 그릴에 굽는다. 똑같은 고구마도 굽는 방법에 따라 맛이 약간 다르다. 그날은 옹기에 구웠다가 나는 맛의 신세계를 만난 것이다. 이것이야말로 소소한 행복 아닌가.

우리네 삶도 닮은 점이 많다. 고구마처럼, 마음가짐을 어떻게 먹느냐에 따라 행복과 가까워질 수도, 멀어질 수도 있다.

곰곰이 생각해보면 젊을 때의 나는 특별한 꿈이 없었다. 결혼해서도 마찬가지였다. 아이들 잘 크고, 가족 모두 건강하고, 먹고사는

데 큰 문제만 없으면 좋겠다고 생각했다. 조금 넓은 집으로 이사 가면 좋겠다는 생각을 잠깐 가져보기는 했지만 꿈이라고 할 것까지는 아니었다.

미래를 보는 눈도 없었다. 그저 욕심 없고 평범한 가정주부의 삶에 만족하며 살았다. 오늘이 내일인 듯 내일이 오늘인 듯 살았다. 인생은 그렇게 살다 떠나는 줄 알고 살았다. 돌이켜보면 참 무기력한 모습이었다.

평범하게 살아온 내가 이 나이에 새로운 에너지로 활기차게 살게 될 줄은 몰랐다. 궁금한 것이 많아지기 시작했는데, 그것만으로도 활기가 차오른다. 여행을 다녀오면 피곤하다는 생각보다 얼른 다른 곳을 또 가고 싶다는 생각이 든다. 그만큼 내 안에서 생동감이 넘치는 것이다.

오늘이 가는 것이 아쉽다. 하루가 저무는 것이 아쉽다. 진작 활기차게 살았으면 얼마나 좋았을까!

그러나 지금이라도 늦지 않았다고 스스로를 다독인다. 그리고 꿈꾼다. 꿈꾸는 자는 행복할 수 있다는 믿음으로 밤을 맞이한다.

한국의 모지스
할머니를 꿈꾸며

책과 영상을 통해 모지스 할머니를 알게 되었다. 감동에 감동이었다. 모지스 할머니는 75세에 그림을 그리기 시작했다. 딸의 병간호를 하다 손주들이 쓰던 물감으로 그림 그릴 마음을 먹은 것이다.

"사람들은 늘 내게 늦었다고 말했어요. 하지만 사실 지금이야말로 가장 고마워해야 할 시간이에요. 진정으로 무언가를 추구하는 사람에겐 바로 지금이 인생에서 가장 젊을 때입니다. 무언가를 시작하기에 딱 좋은 때이죠."

할머니는 101세까지 1,600점의 그림을 그렸다. 그중에는 경매가 14억 달러에 팔린 그림도 있다. 할머니가 처음부터 이렇게 어마어마한 가격에 그림을 판 것은 아니다. 처음에는 엽서 크기의 그림을 잡화상에 2~3달러 정도에 파는 것으로 시작했다.

모지스 할머니는 특별히 그림을 배우지는 않았다. 그저 느끼는 대로 그렸다. 그랬더니 오히려 소박하고, 화려하지 않지만 따뜻한 그림이 탄생했다. 감상하는 사람들을 그림 앞에 오래 머물게 하는 힘이 그림에 담겼다. 그런 점에서 할머니는 진정한 능력자이다. 화폭의 구석구석까지 세심하게 표현하고자 했던 할머니의 배려가 그런 능력을 만들어낸 것이라 생각한다.

나는 할머니의 매력에 푹 빠졌었다. 그 나이에 어떻게 그 많은 그림을 그리는 게 가능했을까? 더구나 관절염으로 바늘에 실을 꿰기조차 어려웠다고 하는데. 여기서 반전이 일어난다. 할머니는 자신을 괴롭히는 관절염 때문에 그림을 그리기 시작한 것이다. 그래서 인생의 반전을 일구어냈다.

생각의 전환이 있었기에 반전이 가능했을 것이다. 성공을 붙잡을 수 있었을 것이다. 나는 확신한다. 모지스 할머니는 제2의 인생을 충만하게 누리다 세상을 떴을 거라고.

불과 30년 전만 해도 부모님 육순, 칠순 잔치를 많이 했다. 평균수명이 지금보다는 짧았던 시절이라 육순, 칠순이면 잔칫상을 받을 만큼 어르신 대우를 받았다.

요즘 육칠십대는 청춘이라고 한다. 100세 시대가 된 지 오래며, 지금은 재수 없으면 120세까지 산다는 농담도 유행한다. 노후가 큰 골칫거리가 아닐 수 없다.

남자와 여자에게는 행복한 노후를 위해 각각 필요한 5가지가 있다고 한다.

먼저 여자의 경우는 다음과 같다.

1. 건강
2. 돈
3. 친구
4. 딸
5. 애완견

반면 남자의 경우는 이러하다.

1. 부인
2. 아내
3. 와이프
4. 처
5. 마누라

재미로 떠도는 말이다. 하지만 솔직히 여자 입장에서는 재미로만 받아들이기는 왠지 찝찝하다. 오죽하면 '은퇴남편 증후군'이란 말까지 나오겠는가. 은퇴한 남편들이 외출하는 아내에게 하는 말은 딱 세 마디라고 한다.

"어디가? 언제와? 밥은?"

남자 입장에서도 행복한 노후를 위해 필요한 5가지를 재미로만 여기면 곤란할 듯싶다. 은퇴 이후의 삶이 생각보다 길어졌기 때문이다. '아내에게도 아내만의 삶이 필요하다'는 명제를 떠나, 당장 아내가 먼저 세상을 뜨면 어찌하겠는가? 아내만 바라보고 산다면 긴 노후를 버틸 수 있겠는가?

남자든 여자든 은퇴 이후의 삶을 잘 설계해야겠다고 느꼈다. 세상은 날이 갈수록 빠르게 변하고 있다. 그만큼 새로운 일들이 많이 생겨난다는 뜻도 된다. 마음만 먹으면 노년들도 할 수 있는 일이 많다. 한 예로 '청춘 카페'도 있다. 청춘 카페는 각 구에서 마련한, 노인들을 위한 복합 문화공간이다. 이곳에서는 노인들이 돌아가며 바리스타로 일한다. 카페를 찾는 이들이 늘어나다 보니 3호점과 4호점도 준비 중이라 한다. 청춘 카페에서는 60세 이상에게 아메리카노를 500원, 카페라테를 1000원에 판매한다고 한다. 마음이 동하는 가격이다.

배우면서 운동할 수 있는 피트니스센터도 많이 생기고 있다. 문화 프로그램도 다양하다. 의지만 있다면 이들을 활용해 노년을 즐길 수 있다.

100세를 살려면 건강 관리만 중요한 것이 아니다. 자산 관리도 중요하다. 지금부터라도 자산 관리에 만전을 기하는 것이 좋다. 불필요하게 새나가는 돈은 없는지 살피자. 또한 아무리 자식이더라도 돈을 펑펑 퍼주는 것은 바람직하지 않다. 자식은 보험이 아니다. 노후에 혼자 힘으로 살아갈 경제력은 갖춰두는 것이 현명하다.

자신의 취미나 좋아하는 일, 하고 있는 일에 주력하는 것도 멋지게 노년을 보내는 방법이다. 무언가에 최선을 다하면 저절로 활력이 따른다. 자신만의 세계를 넓힐 수 있는 가능성도 높인다. 자신만의 세계가 있는 사람은 행복한 사람이다. 건강이 허락하는 날까지 자신의 일에 주력하자.

팔십대 중반까지만 살았으면 하는 것이 나의 희망사항이다. 너무 오래 살고 싶지는 않은데 그렇다고 빨리 세상을 뜨고 싶지도 않다. 팔십대 중반이 적정한 타협선이다. 물론 내가 하느님에게 멋대로 제시한 수치이다. 하늘의 문을 열고 닫는 것은 전적으로 하느님의 권한이다. 하늘나라는 마음대로, 아무 때고 갈 수 없는 나라이다. 나이 들수록 시간이 더 빨리 가는 것을 실감한다. 팔십대 중반도 금방 닥칠 것 같다. 그래서 더더욱 게으름 부릴 새가 없다. 부지런히 살아야 한다.

모지스 할머니의 그림은 크리스마스실이나 우표, 카드에 많이 사용되었다. 그렇다 보니 많은 사람들의 마음에 와 닿았고, 6,000만 장의 크리스마스카드는 금방 동이 났다고 한다. 평범한 생활을 하다 취미생활로 그림을 그리고, 그림과 함께 아름다운 황혼을 보내다 세상을 떠난 모지스 할머니. 할머니는 나의 롤 모델이다. 나는 모지스 할머니처럼 살고 싶다. 모지스 할머니만큼의 재능은 없지만, 하루하루를 모지스 할머니처럼 보내고 싶다. 소소한 행복을 느끼며 감사함으로 살고 싶다.

요즘에는 일주일에 두 번 정도 손주들을 돌본다. 그전에는 거의 매일 했는데, 글쓰기를 하고부터는 덜하게 되었다.

네 살 후반의 손자는 하루가 다르게 말이 늘고 있다. 말이 늘면서 바라는 것도 늘었다. 아침에 어린이집 문 앞에서 헤어질 때 꼭 안아주고 뽀뽀도 해주어야 한다. 습관이 되었다. 하루는 하원할 때 선생님이 이런 말을 했다.

"아침에 할머니가 안아주지 않고 갔다고 엉엉 울었어요."

아이들의 마음은 꾸밈이 없다. 아마도 손자는 할머니의 사랑을 못 받았다고 생각했나 보다. 등원할 때 마침 다른 원생이 옆에 있었다. 그래서 "어서 들어가. 이따가 할머니가 데리러 올게" 하면서 그냥 들여보냈다. 내 실수였다. 아이의 마음을 헤아리지 못한 것이다.

손자는 집에 와서도 나한테 따졌다.

"할머니, 왜 꼭 안아주지 않고 갔어?"

이 정도면 항복할 수밖에 없다.

"다른 친구들이 기다리고 있어서, 그래서 자리 비켜줘야 해서. 다음에는 안 그럴게. 미안해."

요즘 아이들은 주관도 확실하다. 내가 어릴 때처럼 엄하게만 키우지 않아서인지도 모르겠다. 아이들의 입장을 생각하고, 대화하고, 존중해주며 키우는 부모들이 확실히 많아졌다. 바람직한 변화라고 본다.

아이들과 함께하면서 좋은 점은 아이로 인해 나를 되돌아보는 기회가 자주 생긴다는 것이다. 아이가 크면서 어른인 나도 큰다. 이것도 감사한 일이다.

모지스 할머니도 나와 같은 생각을 하며 살았으리라 짐작된다. 할머니는 열 명의 자식과 한 남자의 아내로 살았다. 그중 다섯 아이는 먼저 하늘로 보냈다. 그런데도 그녀는 매순간 열정적인 아내였고 엄마였다. 자신의 삶에 주어지는 것들을 즐겁게 성취했다.

나는 한국의 모지스를 꿈꾼다. 모지스 할머니처럼 그림을 그리겠다는 게 아니다. 평범한 삶에서 특별한 삶을 선택하겠다는 얘기다. 그 선택을 즐기고 만족하며 하루하루 아름다운 날을 보내겠다는 뜻이다. 유튜버로서, 글쟁이로서 나는 행복한 노년을 보내고 싶다. 나의 작지만 절실한 소망이다.

나는 독수리처럼 선택한다

독수리는 가장 오래 사는 새라고 한다. 70년 가까이 산단다. 그런데 그만큼 장수하기 위해서는 어려운 결정을 내려야만 한다. 독수리는 마흔 살이 될 무렵부터 발톱이 안으로 굽어 먹이를 잡기조차 힘들어지고, 길게 휘어진 부리는 가슴 쪽으로 구부러지기 때문이다. 게다가 날개는 약해지는데 깃털들이 두꺼워지면서 몸무게가 늘어 날기조차 어려워진다고 한다.

독수리에게는 마흔 살 무렵이 선택의 시간이다. 그대로 굶어 죽을 것인가 아니면 고통스러운 혁신 과정을 거쳐 환골탈태할 것인가.

스스로 거듭날 것을 결정한 독수리는 큰 절벽 위에 둥지를 튼다. 자그마치 150일 동안 아무것도 먹지 않은 채 자신의 부리가 없어질 때까지 바위에 대고 친다. 그 부리가 으깨지면 새로운 부리가 날 때까지 기다린다.

부리가 새로 나면, 발톱을 하나하나 뽑아내 새 발톱이 돋아날 수 있도록 자리를 만든다. 그다음에는 깃털을 뽑아낸다. 이렇게 5개월 동안 인내의 시간을 보낸다. 그 시간 뒤에 독수리는 30년이라는 새로운 생명의 시간을 얻는다.

독수리의 선택은 그야말로 자연의 신비이다. 누가 가르쳐주지도 않았을 텐데, 본능이 입력한 데이터를 바탕으로 선택의 삶을 사는 것이 신기할 뿐이다. 사람으로 태어나 독수리와 같은 고통의 환골탈태를 겪지 않아도 되는 것이 감사할 지경이다.

물론 사람에게도 독수리의 부리나 발톱처럼 이별해야 할 것이 있다. 바로 자식이다. 언제까지나 품 안의 자식으로만 붙잡아둘 수는 없다. 이것이 꼭 결혼을 해서 독립시키는 일만을 의미하는 것은 아니다. 정신적으로 자식을 하나의 독립된 인격체로 분리시키는 일도 포함된다. 이 경우는 오히려 부모가 홀로서기를 하는 것으로 볼 수도 있다. 여하튼 자식이 자기 짝을 만나 가정을 꾸리는 일은 부모로서는 새 삶을 향한 출발이다. 새 삶을 위해서는 헌 부리와 헌 발톱을 온전히 없애야 한다.

딸을 시집보내면서 반성을 많이 했다. 일방적인 말로 딸에게 상처를 준 일이 후회됐다. 본의 아니게 아프게 한 것도 죄스러웠다. 물론 아들에게도 마찬가지였다. 자식들이 내 품을 떠날 때 나는 홀로 자식들에게 마음속으로 사과를 전했다.

자식들이 들으면 서운할지 모르겠지만 자식이 나에게 잘하기를 기대하지는 않는다. 잘하면 고맙게 생각하고, 설사 못한다 해도 실망하지 않으려 한다. 나름대로 극복하며 살아갈 것이다. 나로서는 내려놓음의 한 방식이다. 기대가 없으면 그만큼 실망할 일도 없다.

나도 환골탈태를 했다. 용기를 내서 새로운 도전을 하고, 도전으로 변화를 이끌어낸 것이 나에게는 환골탈태이다. 돈 주고 사지 않던 책을 직접 사서 읽는 변화도 환골탈태에 속한다. 이밖에도 많다. 저자 강연회에 한 번도 가본 적 없던 내가 세 번이나 참석했다. 작가에게 사인 받는 일은 상상해본 적도 없는 내가 책 맨 뒷장을 펼치고 쑥스러워하며 사인을 받았다. 요리 동영상을 만든 일도, 글쓰기에 덤벼든 일도 모두 환골탈태이다. 환골탈태하고 나는 신세계를 맛보았다. 우주가 다 내 안에 들어와 있는 듯 황홀했다.

남편도 내년이면 일흔이다. 남편은 올해 자서전을 썼다. 지금은 캘리그라피를 배우고 있다. 내가 보기에 이 정도면 남편도 환골탈태를 한 것이다. 나도 하고 내 남편도 하는데 누구인들 못 하리! 취미생활을 하든, 운동을 하든 무언가에 도전해보자. 평소 관심 있던 것도 좋고, 전혀 새로운 것도 무방하다. 중요한 것은 '한다'는 것이다. 하면 된다.

AI 기술이 점점 우리 곁에 다가오고 있다. 말로 환자의 차트를 작성하는 'AI 병원'도 점차 늘어날 예정이라고 한다. 서울의 한 병원에서는 로봇이 일하고 있다. 병원 로비에서 환자와 보호자들에게 길안내를 돕는 마리아봇과 병동에서 회진을 돌면서 의사에게 도움을 주는 폴봇이 바로 그 주인공이다.

마리아봇은 사람 높이의 키에 네모난 화면의 얼굴을 가지고 있다. 가슴 부위에 위치한 터치스크린을 건드리거나 말을 걸면 병원과 관련된 정보를 확인할 수 있다.

폴봇은 의사의 도우미다. 의사가 환자의 진료 카드를 직접 대면 해당 환자의 진료 스케줄이나 진료실의 위치 등을 안내해준다.

이와 같이 세상도 환골탈태하는 중이다. 점점 더 변화해가고 발전해갈 것이 틀림없다. 나이 든 우리만, 나이가 들었다고 해서 주저앉아 있으면 곤란하다. 달리 생각해야 한다. 스스로 건강도 챙기고, 미래의 꿈도 꾸며, 변화된 문명에 잘 적응하며 살려고 노력해야 한다.

활력소가 되고 싶다

유튜브는 내 삶에 활력소가 되고 있다. 나도 미약하지만 힘든 세상에 활력소가 되고 싶다. 유튜버로 살면서 그런 소망이 좀 더 또렷해졌다. 내가 만든 요리 동영상이 어떤 사람에게 요리 지침서가 되고, 그가 요리를 하며 삶에 활력을 얻었으면 좋겠다.

그 누구라도 가지고 있는 재능이 있다면 지금이라도 유튜브에 업로드하기를 바란다. 다른 사람들에게 재능기부도 하고 활력소도 주기를 바란다. 물론 본인의 삶도 활력을 얻을 것이다. 나 역시 그러하다.

유튜브도 하고, 책도 쓰고, 이렇게 새로운 시작을 하면서 나는 새로운 세상에 눈을 떴다. 축복이다. 책과 영상을 자주 보게 되었고, 여러 작가들에게 관심이 생겼다. 그러면서 삶의 만족도가 높아졌다. 소가 꽉 찬 만두를 먹을 때와 같은 만족감이라 말할 수 있을 것 같다. 하루가 바쁜 일로 꽉 차 있지만 그래서 즐겁기 때문이다.

유튜버의 삶을 시작할 무렵 고민이 많았다.

'나보다 잘하는 사람이 많은데, 내가 하는 걸 누가 보겠어?'

그러면서도 포기는 안 했다. 그게 중요했던 것 같다. 나는 업로드는 안 하더라도 일단 강의라도 들어보자는 생각으로 임했다. 강의를 듣다 보니 동기 부여도 되고 용기도 생겨났다. 고민을 완전히 떨쳐내지는 못했지만 그래도 시작할 수 있는 힘은 낼 수 있었다. 무엇이든 시작이 어렵다. 누구나 시작을 못 할 뿐이지 시작만 하면 잘할 수 있다.

세상에서 가장 멀리 나는 새는 '알바트로스'라고 한다. 알바트로스는 거대한 날개로 오랫동안 쉬지 않고 비행이 가능하다. 그런데 아이러니하게도 거대한 날개 때문에 오래 날 수는 있어도 자유롭게 날 수는 없다고 한다.

알바트로스는 '바보'라는 별명도 갖고 있다. 아이들이 돌을 던져도 맞을 때가 많아 둔하고 멍청해 보여서다. 이착륙도 능숙하지 못하다. 몸길이는 91센티미터인데 날개를 편 길이가 3~4미터나 되어 이착륙에 불편하다고 한다. 그런 알바트로스는 강한 바람이 불 때 하늘로 비상한다. 평소 자유롭게 잘 날던 새들은 거센 바람에 비행을 포기하지만, 알바트로스는 아랑곳없이 거대한 날개를 펼친다. 그리고 멀리 날아간다. 무거운 날개로 자유롭게 날지는 못하지만 일단 바람을 타고 날기 시작하면 가장 멀리 날 수 있다.

우리에게도 알바트로스와 같은 능력이 숨어 있을지도 모른다. 삶이 던지는 돌에 맞아 날개를 펼쳐볼 용기를 내지 못했던 건 아닌지 생각해보자. 그 날개는 거대하고 튼튼할지 모른다. 그 사실을 모르고 살아왔던 것은 아닌지, 알면서도 모른 척하며 살아왔던 것은 아닌지 스스로를 되짚어보자.

내면에 잠재되어 있는 재능은 꺼내야 한다. 꺼내야만 보석이 된다. 누구나 처음에는 서툴다. '초보'라는 딱지를 붙이고 시작한다. 시간이 약이고 노력이 약이다. 인내의 시간이 지나면 달콤한 시간이 찾아오는 법이다.

젊은이들과 만나다 보니, 그들이 열심히 살며 공부하는 모습을 보니 내 젊은 시절이 후회되었다. 소중한 젊음을 너무 무의미하게 보낸 것을 반성하게 되었다. 그때 나는 왜 공부하는 것을 주저했을까? 새로운 것에 도전하는 것을 두려워했을까?

"젊을 때 조금만 예뻤으면 내 인생이 달라졌을 텐데."

혼잣말이지만 나이 들어 이런 말을 한 적도 있었다. 예뻤다고 해도 뭐가 달라졌겠는가. 정신은 나태했는데.

지금이라도 정신 차려서 정말 다행이다. 젊은 시절은 잘못 살았지만 이제부터라도 잘 살아보리라 다짐한다. 외모의 예쁨보다는 내면의 예쁨을 추구할 것이다. 내면이 조금만 예뻐져도 제2의 인생이 달라지리라 믿는다.

살다 보면 내 가까운 이웃이나 가족과의 이별이 예고 없이 찾아온다. 또한 아픈 이별 뒤에는 어김없이 새날이 다가온다. 그리고 아픔들을 추억으로 돌려보낸다. 나는 이 과정을 경험했다. 갑작스럽게 이별하고, 한동안 이별한 사람들을 향한 그리움으로 눈물을 흘리기도 했다. 그렇지만 모든 것이 점차 추억으로 변해갔다.

시간이 지나서 깨달았다. 살아 있을 때 잘해야 한다는 것을. 정말 단순한 이 진리를 왜 살아 있을 때는 깨닫지 못하는 것일까? 후회를 되풀이하면서 사는 것이 인생인 것 같다.

산 사람은 살아진다. 밥도 먹고, 차도 마시고, 사람들도 만난다. 그렇게 일상으로 돌아가 생활한다. 어쩌면 일상으로 태연하게 돌아가는 것이 삶을 받아들이는 태도인지도 모른다.

그런데 기왕 사는 것, 행복하게 살아야 할 것 아닌가. 행복을 나누며 사는 게 좋지 않은가. 그것이 먼저 세상을 뜬 사람들에 대한 예의 또는 보답일지도 모르겠다. 그들도 이 세상에서 행복을 원했기 때문이다.

행복은 거창한 삶에서 오는 것만은 아닌 듯하다. 자기의 일을 재미있게 하는 것이 행복을 얻는 방법 중 하나라고 생각한다. 그래서 나는 요리를 재미있는 놀이로 여기며 한다. 그렇게 음식을 하면 행복하다. 행복으로 요리한 음식은 먹는 사람도 행복하게 만들 거라 믿는다. 그 음식을 만드는 과정을 배우는 사람에게도 행복을 전하리라 믿는다. 오늘도 음식과 재미있는 놀이를 하려고 한다. 돼지감자 차와 장아찌를 할 예정이다. 그것으로 행복을 나누려고 한다.

싱가포르에 여행을 간 적이 있었다. 가이드가 인생 경험을 이야기 했다. 그는 외국에서 공부하던 중 카지노에서 대박을 터트린 적이 있다고 했다. 이후 그는 밥 먹듯이 카지노를 들락거렸다고 했다. '혹시나 또 돈이 쏟아질까?' 하는 기대를 품고서. 그러나 그 기대는 이루어지지 않았고, 결국 그는 쪽박을 차고 말았다. 그는 빈털터리가 된 뒤 먹고살기 위해서 어쩔 수 없이 가이드의 길로 들어섰다고 했다.

가이드의 실패담을 들으면서 세상에 공짜는 없다는 평범한 진리를 되새겼나. 공짜를 너무 바라면 삶의 주인이 바뀔 수 있다. 물질이 주인이 되고 자신은 종으로 전락할 위험이 있다. 그러므로 성실하게 사는 것이 제일이다. 부지런히, 또 열심히 살면 어느새 삶에 활력이 돈다. 그리고 다른 사람의 삶에 활력소가 되기도 한다. 해보면 안다.

싱가포르 가이드가 앞으로 열심히 가이드 일을 한다면 그의 삶은 달라질 것이다. 그리고 여행객들의 여행에 활력을 불어넣어줄 것이다.

나도 열심히 살아가고 있다. 내가 할 수 있는 일을 하면서. 나는 힘든 세상에 활력소가 될 것이다.

헤밍웨이에게
얻은 희망

'업로드하다 중도 하차하면 어쩌지?'

'구독자가 안 늘면 어쩌지?'

유튜브를 처음 시작했을 때에는 이렇게 걱정의 연속이었다. 걱정 속에서도 일주일에 1~2회는 꼭 업로드를 하려고 노력했다. 제일 우선순위가 꾸준함이라고 배웠기 때문이다.

올린 동영상이 맘에 들지 않으면 지우기도 했다. 시간이 길면 다음에는 지루하지 않게 시간을 줄이기도 했다. 그러면서 차츰차츰 나아지기 시작했다. 동영상의 품질이 나아지니까 구독자가 늘어났다. 그러면서 댓글도 많아졌다. 좋은 댓글도 있었지만 나쁜 댓글도 있었다. 장갑이 지저분하다느니, 옷이 거추장스럽다느니 하는 등의 댓글은 사실 기분을 가라앉게 만들었다. 하지만 크게 개의치는 않았다. 그러거나 말거나 꿋꿋이 내 길을 가겠다고 다짐했다. 구독자가 많아져서 생기는 현상이라 여기며 긍정적으로 생각했다. 도움이 되는 말을 해주거나 본인의 지식을 알려주는 고마운 구독자도 있었기에 충분히 이겨낼 수 있었다.

사람마다 확실히 보는 관점이 다르다. 같은 영화를 봐도 헤어디자이너는 인물들의 머리부터 눈에 들어오고, 패션디자이너는 옷부터 눈에 들어온다고 한다. 백이면 백, 모두를 만족시킨다는 건 불가능하다. 유튜버는 그 불가능을 인정하고 작업해야 한다. 나쁜 댓글에 지나치게 마음을 쓰면 상처만 안은 채 주저앉고 만다.

'다음에는 어떤 영상을 올리지?'

'내가 이걸 왜 시작했지?'

일상이 바빠 유튜버의 일을 제대로 못할 때는 이런 생각들도 들었다. 그런 와중에도 일주일만 영상을 올리지 않으면 숙제를 안 한 채 학교 가는 기분이 들었다. 그 기분이 꺼림칙해서 얼른 또 영상을 만들어 올렸다. 그러고 나면 속이 후련했다. 마음이 솜털같이 가벼워졌다. 시간이 지나면서, 유튜버로서 조금씩 익숙해지면서 마음의 짐은 점점 덜해졌다. 역시 시간이 해결해준다는 말이 빈말이 아니었다.

초등학교 3학년 즈음이었다. 팬티만 입은 채 엄마에게 몽둥이로 두들겨 맞았다. 온몸에 멍이 시퍼렇게 들었다. 그렇게 맞은 건 처음이자 마지막이었다. 내 기억의 바다에 생생하게 남아 있다.

집에서 몰래 돈을 가져다가 학교 앞에서 군것질을 했다. 나도 먹고, 친구들도 사주었다. 그런데 한 친구가 고자질을 했다. 도둑질에 실망한 엄마는 난생처음으로 몽둥이를 들었다.

그 시절 우리 집은 미군 부대에서 나오는 물건을 사서 팔았다. 그래서 현찰이 많았다. 옛날 집에는 안방에 다락방이 있는 경우가 많았는데, 우리 집에도 있었다. 우리 집 다락방 천장에는 작은 통나무들이 얼기설기 연결되어 있었다. 통나무 밑인지 위인지는 기억이 희미하지만, 돈이 여기저기 보였다. 엄마는 장사하랴, 자식들 밥 해먹이랴, 집안일 하랴 바빠서 돈 정리할 시간이 없었던 것 같다.

어린 마음에 그 돈이 탐이 났다. 돈을 가져다가 이틀 동안 신나게 사먹고 다녔다. 초등학교 앞에 문방구가 있었는데, 리어카에다 해삼도 잘라 팔았다. 나는 그 해삼을 옷핀으로 콕 찍어서 먹었다. 칡뿌리도 조각내서 팔았다. 껌 대용으로 씹으며 다녔다. 국자에다 설탕을 녹여 소다를 섞은 달고나와 모양 틀로 과자조각에 모양을 새긴 뽑기도 있었다. 온통 어린 나를 유혹하는 먹거리 천지였다.

이 모든 사실을 안 엄마는 눈이 뒤집어졌다. 세 살 버릇 여든까지 간다며, 초장에 잡아야 한다며 불같이 화를 냈다. 언젠가 세월이 흐른 뒤에도 엄마는 그날의 난리를 회상하며 이 말을 꺼냈다.

엄마 말이 맞다. 잘못은 초장에 잡아야 효과적이다. 그때 나는 무지하게 맞고서 정신이 번쩍 들었다. 그 후로는 절대 돈이든, 물건이든 남의 것에 손대지 않았다.

어린 시절 이 경험의 의미는 남다르다. 나는 단지 절도를 그만두려고 한 것이 아니다. 더 나은 사람으로 살려고 다짐한 것이다. 나는 노력 끝에 그래도 나쁜 사람은 되지 않았다. 자신 있게 자부한다. 인생의 소중함을 알았기에 좋은 인생을 살고 싶었다. 그래서 좋은 사람이 되어야만 했다.

유튜버로 살면서도 좋은 인생을 살겠다는 다짐을 잊지 않았다. 나는 이것도 나의 성공 요인 중 하나라고 생각한다.

"누구나 글을 쓸 수 있습니다. 세상에 이야깃거리가 없는 사람은 없어요."

글쓰기 일일 특강에서 강사가 한 말이다. 그냥 한번 들어나 보자 하는 마음으로 서울로 발걸음했던 나를 들썩이게 한 말이다.

또 생생하게 기억나는 말이 있다.

"마음을 움직이고 행동에 옮기세요. 일단 시작하는 겁니다. 독자는 작가가 글을 얼마나 잘 쓰는지, 얼마나 똑똑한지는 관심 없습니다. 독자는 저자가 무슨 말을 하는지, 자신에게 도움이 되는지에 관심 있어요."

강사의 말에 동기부여가 되었다. 쓸 용기가 생겼다. 일단 쓰기로 했다.

하지만 글솜씨가 없으니 용기만으로는 글이 잘 써지지 않았다. 힘들어서 그만두고 싶은 마음도 들곤 했다. 그럴 때마다 나는 스스로를 이렇게 위로했다.

'책이 안 나온다 해도 실망하지 말아야지.'

책을 내겠다는 마음보다 글을 쓰겠다는 마음을 먹었다. 그렇게 편안하게 내 이야기를 썼다. 그러다 보니 어느새 초고의 마지막 단계에 이르렀다. 완성할 수 있겠다는 자신감이 붙었다.

《노인과 바다》의 작가 헤밍웨이는 600번을 고쳐 쓰고도 더 고칠 것이 있느냐고 묻는 말에 이렇게 대답했다고 한다.

"마감 날이라 중단하는 거예요."

대문호 헤밍웨이도 600번이나 고쳐 썼다는 게, 마감 날까지도 완벽한 글을 못 썼다는 게 믿기 어려웠다. 그런데 마음이 편안해졌다. 대문호도 글을 쓰는 데 애를 먹었다는데, 나 같은 초짜야 당연했다. 그 사실을 받아들이니까 오히려 희망적이었다.

《강원국의 글쓰기》에서 저자는 누구나 책을 쓰는 시대가 눈앞에 있다고 말한다. 앞으로 5년 정도 지나면 저서를 명함과 같이 돌리는 시대가 올지도 모른다고 예측했다. 그러면서 책 쓰기는 주인의 삶을 살게 해준다고 강조했다. 강원국 저자의 예측이 맞을지는 나도 모르겠지만, "책 쓰기는 주인의 삶을 살게 해준다"는 말에는 정말 공감한다. 나도 글을 쓰면서 내 삶의 주인이 되는 기분을 만끽했으므로.

초고를 완성한 날 기분이 좋았다. 달리 표현할 말이 없었다. 굳이 표현한다면, 친구들과 소요산을 등반한 날 정상에서 야호, 소리 칠 때의 그 기분이었다. 퇴고의 힘든 시간이 남아 있었지만 내일 생각하기로 했다.

나는 자서전을 썼다. 그래서 기억의 바다에서 많은 기억을 건져

올려야 했다. 그 작업이 아프면서도 즐거웠다. 슬픈 일을 잘 넘기며 살아온 것 같다는 생각이 들었다. 밉기만 했던 아버지에 대한 마음이 한결 너그러워지기도 했다. 아버지가 불행한 삶을 살다 떠났다는 것을 뒤늦게 깨닫기도 했다.

글을 쓰면서 울기도 했고, 후회도 했고, 반성도 했다. 그러면서 나를 찾았다. 앞으로 내가 나아갈 길을 발견했다.

나는 한국의 모지스 할머니로 살고 싶다. 그것이 나의 소망이다. 이 소망을 이루려면 열심히 살아야 한다.

chapter 5

다시 되돌아보면 오직 감사뿐

무남독녀 외동딸과
맏딸의 삶

3남 1녀 중 장녀. 막냇동생과는 열 살 터울. 동생들이 어릴 땐 밥도 종종 차려주었다. 연탄불이나 석유곤로에 물을 데워 큰 빨강 고무대야에 물을 받아 이태리타월로 때를 밀며 목욕도 시켰다. 형제들이 많은 집에서는 맏이가 어쩔 수 없이 동생들 치다꺼리를 하던 때였다.

미군 부대 근처에 살았다. 엄마는 미군 부대 식당에 근무하는 한국인 조리사에게 군인들이 먹고 남은 음식을 샀다. 산 음식은 동네사람이나 식당 하는 사람에게 되팔았다. 그 일을 하느라 늘 바빴다. 엄마는 팔다 남은 고기에 고추장과 파, 마늘 등을 넣어 끓여주시곤 했다. 얼마나 맛있었는지 아직도 그 맛을 잊지 못한다. '음식은 기억'이란 말에 동감한다.

아버지도 미군 부대에 잠시 다닌 적이 있었다. 하루는 집에 오니 눈 크고, 코 큰 사람이 아버지와 웃으며 이야기하고 있어서 놀란 적도 있었다. 아버지와 같이 근무한 미군이 놀러왔던 것이다.

또 하루는 엄마가 그랬다.

"포대기로 막내 업고 동네 좀 돌다 와."

엄마가 시키는 대로 동생을 데리고 나갔다. 동네를 서성거리는데, 한 미군이 다가오더니 내 모습을 사진으로 찍고 초콜릿도 주었다. 어린 나이에 동생을 업고 있는 모습이 신기했나 보다. 지금 생각하면 초라한 모습을 들킨 것 같아 얼굴이 붉어진다. 그 시절 아이들에게 미군은 대체로 반가운 존재였다. 아이들은 미군만 지나가면 "초콜릿" 하며 손을 벌렸다. 흔한 풍경이었다.

엄마는 부대에서 나오는 빵도 사서 팔았다. 코코넛이 들어간 부드러운 케이크는 참 맛있었다. 그 맛을 못 잊어 훗날 서울 호텔에 가서 사먹어도 봤지만, 그 맛을 찾진 못했다.

넉넉하지는 않았지만 행복했던 시절이었다. 하지만 행복은 숨바꼭질을 하는가 보다. 엄마의 장사가 안 되기 시작했다. 중학교 2학년 초에 갑자기 엄마가 그랬다.

"학교 그만두고, 집에서 동생들 돌보며 집안일을 하면 좋겠다."

하늘이 노랬다. 돈이 부족한 건 알고 있었지만 내가 학교에 다니지 못할 만큼 우리 집이 가난해진 건가? 다음날부터 당장 학교에 가지 않았다. 친구가 학교에 가자고 나를 데리러 와도 엄마는 이제 안 보낸다고 선생님께 전하라고 했다.

다행히 이듬해에 다시 학교에 나갈 수 있었다. 집안 형편이 나아진 것은 아니었다. 큰딸인 나를 학교에 보내지 않는 것을 엄마가 자책했기 때문이다. 그것을 알기에 나의 마음도 무거웠다. 하지만 나는 늘 입에 미소를 머금은 채 학교에 다녔다. 친구들과의 추억도 많이 만들며 중학교를 졸업했다.

그 사이에 아버지는 지금의 자수정과 비슷한 흰돌을 일본으로 수출하는 일을 한다며 충청도에 내려가셨다. 하지만 팔랑귀인 아버지는 누군가의 꼬드김에 빠져 돌 수출은 안 하고 금맥을 찾는 일에 매달렸다. 문제는 가족들 몰래 했다는 것이다. 엄마가 돈을 대주었는데, 거짓말이 들통나는 바람에 돈이 떨어져 집으로 올라오셨다. 엄마는 어렵게 장만했던 집 두 채를 다 팔아 아버지의 빚을 갚았다. 인천 신흥동에 방 하나 달린 가게로 이사했다. 나도 도립병원 간호조무사로 취직을 하고, 저녁에는 야간 고등학교를 다녔다. 고등학교 2학년 어느 날, 아팠던 아버지는 하늘나라로 먼 여행을 떠나셨다.

엄마는 우리 사 남매를 안 굶기려고 안간힘을 쓰셨다. 나도 간호조무사로 일하며 생계를 도왔다. 병원 이비인후과 외래에서 근무했는데, 크게 힘들지는 않았다. 그때는 연줄만 있으면 근무할 수 있었다. 간호 전문학교를 졸업한 간호사도 있지만 우리 같은 간호조무사가 대부분이던 때였다. 외래에 혼자 근무해서 간호사 눈칫밥을 먹을 일이 없어서 좋았다. 수술환자들의 작지만 큰 선물도 힘이 되었다. 그들은 과자류를 곧잘 선물했는데, 나는 집으로 가져와 가족들과 같이 먹었다. 명절 때는 병원 앞 중국집에서 월병을 선물해주곤 했다. 지금도 명절이 돌아오면 그때 먹었던 맛있는 월병이 그리워지곤 한다.

바로 밑 동생은 대출을 받아 어렵게 대학생활을 했다. 그 동생이 장가를 가고 아들을 낳았다. 하지만 형편이 넉넉지 못해 올케도 일을 해야 할 상황에 처하게 되었다. 그 상황에서 올케가 손자를 봐 달라고 엄마에게 부탁을 했다.

엄마는 단칼에 거절했다.

"자식은 엄마가 키워야지."

나는 올케 편을 들며 엄마를 설득했다.

"아들이 돈 잘 벌면 올케가 돈 벌러 나가겠어요? 엄마가 손자 봐주고, 어느 정도 크면 신앙생활만 하면서 지내는 게 어때요?"

하지만 소용없었다. 원래 대쪽 같은 엄마의 성격은 내 설득으로 달라지지 않았다.

엄마는 무남독녀 외동딸이다. 외할아버지는 6·25 전쟁 통에도 항아리에 쌀을 담아 땅속 깊이 묻어놓고 밤중에 몰래 밥을 해주셨다고 한다. 그만큼 부모의 사랑을 받은 것이다. 엄마는 부모라면 이런 각오로 자식에게 사랑을 쏟아야 한다고 생각했던 것 같다. 그래서 자식은 '엄마'가 키워야 한다고 주장했던 것 같다.

엄마는 신심이 깊다. 신앙생활에 푹 빠져 지냈다. 철야 기도며 미사를 빼먹지 않았다. 한번은 딸이 초등학교 6학년 때 시험을 보고 1등을 한 적이 있었다. 엄마에게 자랑을 했더니, 엄마는 "네가 잘나서가 아니고 하느님의 뜻이니 감사해"라고 반응했다.

예전의 엄마는 내가 무슨 말을 하면, "네 뜻대로 살지 말고 하느님 뜻대로 살아"라고 한다. 성서 말씀만 계속 인용한다. 내가 신앙생활을 게을리한다며 귀에 못이 박히도록 잔소리를 한다. 맞는 말인 줄 알지만 솔직히 지겨울 때가 많다. 하지만 나는 속으로만 이렇게 외친다.

"엄마, 나는 옆집 흉도 보면서 살고 싶다고!"

그런데 둘째 남동생이 20년 전쯤 사기꾼을 만나 17평 아파트를 날렸다. 찜질방에서 몇 달을 지내야 했다. 나와 첫째 동생이 7백만 원을 마련해 주었다. 엄마는 동생과 함께 안성에 있는 미리네 성지 근처로 이사를 갔다. 그런데 동생에게 놀라운 소식을 들었다. 엄마가 7백만 원 중 100만 원을 감사헌금으로 냈다는 소식이었다. 곧장 엄마한테 전화를 걸어 한바탕했다. 하지만 엄마를 이길 수는 없었다.

100만 원씩 감사헌금을 낼지언정 엄마는 자신을 위해서는 돈을 안 쓰는 사람이다. 예쁜 옷에도 관심이 없다. 하물며 갈치를 사도 가늘고 살 없는 것을 싸게 산다. 여기서만 그치면 그나마 참을 수가 있다. 그런데 시시때때로 나한테 전화를 걸어 자선단체 계좌에 후원금을 내라고 다그친다. 일방통행이다. 지치지도 않는다.

나는 이렇게 속앓이를 할 뿐이다.

'엄마는 신심이 깊어서 좋겠어. 천국에는 일등으로 들어갈 거야.'

하지만 난 엄마가 초라한 게 너무 싫다. 돈 좀 써서 예쁜 옷을 입고 다녔으면 좋겠다.

어디 좋은 곳으로 여행이라도 가자고 하면, 엄마는 오로지 성지만 가기를 원했다. 아니면 피정이나 하겠다고 했다. 다른 집 모녀는 산으로 바다로 쏘다니며 깔깔거리는데, 우리 모녀에게는 꿈만 같은 일이었다. 내가 그에 대해 불평하면 엄마는 대번에 나무랐다.

"네가 신심이 없어서 그래."

신심은 위대했다.

엄마는 외동이라 친척과 내왕이 없었다. 유일하게 아버지의 누님이 시골에서 농사를 지으셨기에 나는 방학이면 고모네 가서 며칠씩 지내다 오곤 했는데 동생들도 같이 갔다. 그때의 추억이 그립다. 부모님과 여행을 다닌 적이 거의 없어서 오래오래 그리운 모양이다.

고모는 조카들에게 옥수수와 감자를 종종 쪄주었다. 수수밥을 지어주기도 했다. 큰언니는 밥이 빨개진다며 수수를 넣는 것을 싫어했다. 그래도 고모는 내가 좋아한다며 수수밥을 지어주었다. 맛있게 먹던 기억이 여전히 소중하다. 고모가 언니와 함께 산에 가서 버섯을 따오라고 시켜서 버섯을 땄던 기억도 있다. 버섯의 색깔은 기억이 안 나지만 쫄깃했던 맛은 아직 남아 있다.

논에는 우렁이도 많았다 한번은 오빠가 우렁이를 잡아 논에서 나오는데 다리에 거머리가 붙어 있었다. 거머리를 떼자 다리에서 피가 흘렀다. 그런데 오빠는 아무렇지 않게 웃기만 했다.

나는 맏이라 사랑도 많이 받았다, 둘째 남동생은 아버지에게 많이 맞았다고 했다. 생각해보면 둘째 남동생은 많이도 넘어졌다. 다리 힘이 없는지 툭하면 넘어졌던 기억이 난다. 아버지는 나에게는 잘했지만 자꾸 사고 부리는 아들을 감싸고 헤아리는 마음은 부족했던 것 같다. 아마도 사랑법을 몰랐던 것은 아닐까?

막냇동생은 이 둘째 동생의 빚보증을 섰다가 얼마 전에 파산 신청을 하게 되었다. 지금은 정부에서 나오는 긴급 생활 자금으로 살고 있다. 경비직으로 일하기도 했지만 뭐가 부족했는지 재계약이 안 되었다. 이후 운전직으로 옮겼지만 사고로 다리를 다쳐 백수 신세가 되었다. 지금도 가끔 나에게 손을 벌린다. 다행히 사회 복지가 좋아져서 나의 어깨가 덜 무겁다. 복지 정책에 감사한다.

장녀로서 동생들에게 큰 도움은 못 주어도 작은 도움은 주고 있다. 기쁘게 주고 있다. 그것이 장녀의 삶이라고 나는 받아들인다. 조금이나마 줄 수 있어서 감사하다.

부모님의 마지막을 기억하며

내가 기억하는 아버지는 하얀 머리에, 마르고, 아픈 날이 많았다. 기독병원에서는 위 수술을, 서울국립의료원에서는 복막 수술을 받았다. 아버지의 젊은 시절 사진을 보면 작고 동그란 얼굴에 미남형이었는데 세월이 많은 것을 변화시켰다.

언젠가 아버지가 많이 아프셨던 모양이다. 동네아저씨가 산모의 태를 한약제와 끓여 먹으면 낫는다고 했다면서 엄마는 불법으로 산모의 태를 구해왔다. 큰 옹기솥 안에 둥그렇게 자리 잡고 있던 태, 그 빨간색이 아직도 선명하다.

얼마 후 엄마가 불쑥 말했다.

"삽 들고 나 좀 따라와라."

나는 엄마가 시키는 대로 삽을 들고 따라나섰다. 이윽고 목적지에 도착한 엄마는 삽을 들고 땅을 팠다. 그리고 이렇게 말하면서 태를 묻어버렸다.

"한 번은 먹였는데, 도저히 더 이상은 못 주겠다."

태는 엄마의 말과 함께 흔적 없이 사라졌다.

어릴 적 아버지에게는 다정한 구석이 있었다. 엄마가 바쁜 날에는 손수 부침개도 해주고, 밥도 짓고, 감자 넣은 고추장찌개도 해주었다. 소풍날이나 운동회날에는 엄마와 함께 와서 사진도 찍고, 솜사탕도 사주고, 보물찾기도 했다. 그런 날들에는 잔칫날처럼 행복한 시간을 보냈다.

아버지는 5남 2녀 중 4남으로 태어났다. 친할아버지는 인천의 유지로, 한때 꽤나 잘나가던 분이었다. 할아버지의 도장을 받아야만 인천의 배가 뜰 수 있을 정도였다고 들었다. 아버지의 맏형인 큰아들은 군수 딸과 혼인시키고 일본 유학도 시켰다고 했다. 그만큼 할아버지는 능력 있는 인물이었다. 그런 할아버지가 돌아가시자 할머니는 막내아들과 중국으로 건너가셨다고 했다.

그런데 큰아들이 일본에 있을 때 친구를 잘못 만났는지 장사하다가 가산을 다 탕진해버렸다. 어디로 갔는지 연락마저 끊겨버렸다. 그 바람에 아버지는 돈 없는 집 자제가 되고 말았다. 변변한 기술도 없던 아버지는 누님의 중매로 지금 나의 엄마와 혼인을 했다.

나의 외할머니는 아버지를 일꾼으로 만들고 싶어 했다. 농사지으며 데릴사위로 함께 살려는 꿈을 품고 있었다. 하지만 게으르고 힘든 일을 기피하던 아버지는 외할머니를 실망시켰다. 술 좋아하고, 술에 취해 젓가락 장단에 노래 부르는 것을 좋아하는 아버지가 외할머니의 마음에 들 리 만무했다.

나 역시 그런 아버지의 모습을 직접 목격했다. 한번은 엄마가 동네 술집에 가보라고 시킨 적이 있었다. 아버지가 술을 마시고 있는지 알아오라는 심부름이었다. 술집에 가니 아버지가 있었다. 아버지는 주인아줌마가 따라주는 막걸리를 마시고 있었다. 젓가락 두드리며 노래를 부르면서. 나는 그런 아버지의 모습을 엄마에게 그대로 전했다.

나는 외할머니에 대한 기억은 없다. 늦은 나이에 엄마를 낳았고, 내가 아기 때 꼬부랑 허리로 업어주었다고 들었다. 외할머니와 외할아버지 모두 내가 어릴 때 하늘나라로 가셨다고 했다.

아버지는 힘든 농사는 못 짓겠다고 했다. 결국 엄마는 땅을 팔아 집 한 채를 샀다. 그리고 친한 언니한테 미제물건 장사를 배워 물건을 팔기 시작했다. 직장이 다니고 싶었던 아버지는 돈을 써서라도 미군부대에 취직시켜달라고 했다. 그 시절에는 연줄로 취직을 많이 했던 때라 충분히 가능한 일이었다. 결국 돈을 써서 미군 부대에 2년 정도 다녔다. 그런데 무슨 사고를 쳤는지 그만두셨다. 무엇 때문인지는 모른다. 다행히 그 무렵은 엄마의 장사가 잘되었다. 엄마는 살던 집 옆에 집을 한 채 더 지었고, 그 집은 미군과 국제결혼한 사람에게 세를 주었다. 덕분에 미제물건 장사도 한결 수월해졌다. 이익을 많이 남기니 그 시절에는 귀했던 바나나와 오렌지, 빵, 고기 등을 우리는 자주 먹을 수 있었다. 그때 먹었던 따끈한 김치의 맛도 잊을 수 없다. 밥을 뜸들일 때 사기그릇에 담은 김치와 버터를 넣어주면 고소하고 따끈해진다.

인천으로 이사 갈 무렵부터 나는 아버지를 미워하기 시작했다. 팔랑귀인 아버지가 사기당하면서 집 두 채를 모두 날리고, 가게 달린 방을 세 얻어 한방에서 불편하게 살았기 때문이다. 아버지 눈도 피하고, 부르면 "왜?" 하고 퉁명스럽게 대꾸하곤 했다. 그러다가 우리 집에 큰 비바람이 몰아쳤다. 아버지가 입원을 했는데 수술비가 없어 수술을 못하고 하늘로 가신 것이다. 지금처럼 의료보험이 없던 시절이라 돈이 없으면 다른 선택을 할 여지가 없던, 아픈 시절이었다. 내왕하는 친척 하나 없는 엄마는 손을 벌릴 사람조차 없었다. 그 누구도 수술비를 빌려주지 않았다.

가게 보증금을 날리면 길거리에 나앉아야 했기에 사 남매를 먹여 살려야 할 엄마에게는 어쩔 수 없는 선택이었을 것이다. 아버지를 그렇게 보낸 엄마 가슴에는 멍이 깊게 들었을 듯싶다. 무능하고, 엄마와 동생들을 고생시킨 탓일까. 나도 아버지에 대한 그리움은 없다. 애써 지웠다. 아버지 없이 남은 가족들이 살려고 몸부림치던 그 모습을 떠올리면 지금도 가슴이 저리다. 사는 날까지 우리는 열심히 살아야 한다고 거듭 다짐했었다.

엄마는 처녀 시절 보육원에서 아이들을 가르치고 돌봤다고 한다. 결혼을 안 하고 수녀원에 들어가 깨끗하게 살고 싶었는데, 외할머니가 안 된다고 강력하게 반대했다. 급기야 외할머니는 중매로 서둘러 혼인을 시켰다. 살아보니 사위가 마음에 들지 않아 맘고생을 많이 했다고 들었다.

엄마는 나를 간호대학에 못 보내서 평생 한이 된다고 했다. 생계 때문에 어쩔 수 없는 일이었다. 나도 그 현실을 받아들이고 부지런히 일했다. 월급을 타면 엄마에게 다 갖다 바치고 용돈을 받아서 생활했다. 그 용돈을 쪼개 돈을 모아 엄마에게 선물도 했다. 그런데 엄마는 나 혼자 물건을 못 사게 했다. 바가지 쓴다고. 그때에는 정찰제가 아니라 사람 봐가면서 바가지를 씌우던 때이긴 했다. 그래도 설사 바가지를 쓰는 한이 있더라도 물건을 스스로 사봐야 한다. 요령도 생기고 현실도 알기 때문이다. 그것이 현명한 삶이다. 엄마는 형제가 없다 보니 부대끼며 사는 삶에 익숙지 않았다. 그런 탓인지 현명하게 사는 방법은 몰랐던 것 같다. 사실 그때는 나도 순진했다. 옷도 엄마가 사주는 옷만 입고, 신발도 엄마가 골라준 것만 신었으니까.

미제 물건 장사하던 시절 동네의원에도 고기와 과일을 팔았던 엄마는 착한 여자였다. 남 험담할 줄도 몰랐고, 싸움도 안 했다. 성격은 차분했다. 하지만 우리들에게는 잔소리 대장이었다. 자식만은 '엄마'가 죽을 때까지 가르쳐야 한다는 엄마만의 신념 때문이었다.

"엄마가 없어도 서로 도우며 살아라."

나는 이 말을 귀에 딱지가 앉도록 들었다.

한번은 동생이 학교에서 친구한테 맞았다고 울면서 집에 들어왔다. 그런데 엄마는 한순간 성인군자로 변했다.

"지는 게 이기는 거야. 참고 오길 잘했어."

일단 자식이 무슨 말을 하면 자식 말도 들어야 되는데, 엄마는 엄마 말만 일방통행시켰다.

"오래 살아온 내가 더 잘 알지, 너희가 뭘 아냐?"

외동딸이어서 그랬던 걸까? 하여튼 고집은 황소고집이었다.

처음으로 무스탕 옷이 유행하던 때가 있었다. 큰맘 먹고 엄마를 위해 한 벌 사드렸다. 엄마의 반응은 가관이었다.

"불쌍한 사람도 많은데, 나 하느님 앞에 이 옷 못 입고 간다. 반품해라."

나는 엄마를 위해 하얀 거짓말을 했다.

"옷가게가 이사 가서 반품 안 돼요."

하는 수 없이 무스탕 옷을 받게 된 엄마는 그해 한 번도 입지 않았다. 그런데 이듬해부터는 한동안 엄마가 그 옷만 입고 다녔다. 그 옷을 거들떠보지 않던 엄마가 그것만 걸치고 다니는 것도 맘에 안 들기는 매한가지였다. 고생을 많이 한 탓에 고생한 티가 줄줄 흐르고 초라한 엄마가 너무 싫었다.

한때 엄마는 봉사한다며 꽃동네에 들어간 적도 있다. 철야 기도도 많이 다녔다. 나한테도 하도 가자고 졸라서 한번은 철야 기도를 따라 갔다. 하지만 아직 젊을 때라 그런지 나에게는 기도회가 그다지 다가오지 않았다.

엄마는 손녀를 본 뒤에도, 그 손녀가 장성해 쭈글쭈글한 할머니가 되어도 변하지 않았다. 손녀가 첫 월급의 삼십만 원을 할머니에게 드렸는데, 며칠 뒤 전화가 왔다.

"성지에 갔다가 사위랑 딸 이름으로 다 봉헌했다."

나는 대번에 소리를 질렀다.

"일부만 해야지 다 하면 어떡해요?"

이빨도 없는 엄마가 맛있는 것을 먹는 게 딸의 바람인데, 그 딸의 마음을 헤아리지 못하고 하늘 보화 타령만 하는 엄마가 미웠다. 그래도 신기한 것이 며칠 지나면 엄마가 또 보고 싶었다. 모성애가 강하고 불쌍한 엄마의 마음을 누구보다 잘 알기 때문이었으리라.

여자로서 처절한 삶을 살아온 엄마에게는 아픈 손가락이 있었다. 돈은 없고 갈 곳 없는 아들이었다. 엄마는 동생에 관해 어디 하소연도 못하고 몸고생 마음고생만 하다가, 가슴만 치다가 세상을 떴다. 나는 엄마에게 미안했다. 하느님에게 매달리며 살았던 엄마를 헤아리지 못하고 함께 기도 시간을 보내지 못한 것이 후회됐다.

원룸에서 혼자 살던 엄마는 아파서 오래 살지 못하겠다며, 첫째 동생네와 우리 집을 오가며 지냈다. "내가 빨리 죽어야지 너희가 편한데" 하며 며칠 동안 음식을 거부하기도 했었다. 동생 집에서 지내다가 고관절에 금이 가서 입원하더니, 몇 년 전 아버지 곁으로 가셨다.

"엄마, 미안해. 사랑해."

이제야 엄마에게 이 말을 건넨다.

쥐구멍에도 볕이 들 수 있을까?

스물네 살에 결혼을 하고 청천동에서 신혼생활을 시작했다. 부평공단 근처라 공장에 다니던 사람들이 많았다. 시아버님이 큰아들 이름으로 사 놓은 집은 50평 단독이다 보니 앞마당이 있었다. 뒤뜰에다가는 불법 시설인 도금 공장을 몇 개의 탱크만 갖춘 채 직원 2명과 소규모로 운영하고 있었다. 남편도 그 일을 했다. 석유곤로나 난로에 들어가는 부품을 삼화전기에 납품했다. 그런데 삼화전기가 어려워져서 두 달 만에 부도를 냈다.

부도의 먹구름은 나에게도 다가왔다. 생활비로 칠십 만원 받는 게 전부였다. 그 돈은 직원 밥을 해주고 공과금을 내면 금방 바닥이었다. 밥은 먹고 살아야 했다. 동네 가게에서 외상거래를 시작했다. 가게에서 조그만 수첩을 받아 '콩나물 오백 원', '과자 오백 원' 이렇게 품목을 적고, 주인집 장부에도 기록했다. 그 외상값은 월급을 받으면 갚았다. 그런데 나처럼 외상거래를 하는 사람이 꽤 있었던 모양이다. 문제는 외상값을 떼어먹고 야반도주하는 사람도 있었다는 것이다. 가게 주인은 나에게 이를 하소연한 적도 있었다. 아마도 나는 그러지 않기를 바랐던 것일까?

허니문베이비로 바로 임신이 되어 나는 직장을 구할 수도 없는 처지였다. 당시 건넌방에는 친구(남편의 여동생)가 살고 있었다. 몇 달 동안은 그 친구가 직원들 밥을 해주기도 했다. 하지만 공장이 가망이 없다고 느꼈는지 직원들은 모두 떠나버렸다. 신랑 혼자 이리 뛰고 저리 뛰며 거래처를 뚫으려 시도했지만 별 성과는 없었다. 생활비는 턱없이 부족했다. 쓸 곳은 많은데 비상금도 없고, 남편은 돈 한 푼 없고, 정말 막막했다. 공장 운영해서 돈 벌어 고생 안 시킬 자신 있다고 큰소리치더니, 현실은 냉혹했다. 오징어나 쥐포에다 핫소스를 찍어 먹는 걸 좋아했던 나는 외상 장부가 늘어나는 게 싫어 식욕을 견뎌야 했다.

허니문베이비가 생겼기에 아무 일도 할 수가 없었다. 병원도 가야 하고, 출산 준비도 해야 하고, 돈 쓸 일은 많기만 했다. '쥐구멍에도 볕이 들 수 있을까?' 걱정과 갈등이 많아지기 시작했다. 그나마 다행인 것은 입덧을 안 했다는 것이다.

친구가 산부인과에 근무한 덕분에 정기검진을 무료로 받았다. 그 병원에서 출산도 하기로 했다. 친구는 내 사정이 딱해 진찰비도 안 받았었다. 그것이 고마워 출산을 앞두고서는 '출산하고 나면 친구와 원장님에게 선물이라도 해야겠어'라고 생각했다. 그러나 경제적으로 부담이 되어 선물은 언감생심이었다. 나는 그 산부인과에 더 이상

갈 수 없었다. 돈이 없다 보니 초라했다. 초라한 내 모습이 싫었다.

결국 집과 가까운 병원에서 아기를 낳기로 했다. 친구에게 미안한 마음이 떠나질 않았다. 이 일을 계기로 친구와는 영영 이별하고 말았다.

이런 우여곡절 끝에 무사히 출산을 마쳤다. 3.4킬로그램의 딸은 건강했다. 하지만 기쁨도 잠시, 병원비가 걱정이었다. 다행히 엄마의 지인에게 빌려 겨우 해결하고 퇴원할 수 있었다. 병원비도 해결 못 하는 신랑이 참으로 한심하게 느껴졌다.

생각지도 못한 냉혹한 현실이 눈앞에 떡하니 버티고 있었다. 아기를 키우면서 이 현실 앞에 번번이 무너져 내렸다. 자존심은 어디 전당포에 맡겼는지 혼자 눈물 흘리는 날이 많아졌다.

'하필이면 왜 나지? 내가 복이 없는 사람인가?'

물에 돌을 던지면 점점 파동이 넓어지듯 생각도 그랬다. 나는 이런 생각 저런 생각에 빠져서, 온갖 상상에 젖어서 하루하루를 살아갔다. 이 어려움이 나의 무지함 탓이라는 생각도 들었다. 현실을, 세상 물정을 잘 모르는 내 자신이 싫었다.

그 당시에는 월급이 10만 원 미만이 대부분이었다. 그래서 월급만으로는 살기 힘들다고 생각했다. 공장을 운영하는 게 낫다고 생각했다. 공장을 하니까, 동생들 용돈 정도는 줄 수 있을 거라 예상했다. 그러나 모두 착각이었다. 아빠가 된 신랑은 정미소에 들어가는 부품을 도금하는 공장을 새롭게 운영했다. 말이 공장이지 한심하기 짝이 없었다. 거래처도 한두 군데뿐이어서 막막하기만 했다.

그 시절은 어려운 시기이기도 했고, 은행도 별로 없었다. 마침 동네에 돈놀이하는 사람이 있었다. 그이에게 돈을 빌렸다. 고금리였다. 백만 원을 빌리면 하루 이자가 만 원이었다. 그래도 돈이 없어 울며 겨자 먹기로 빌려 썼다. 어음을 받으면 할인을 해서 쓰기도 했다. 하루가 천 년같이 느껴졌다. 시간이 한없이 무겁기만 했다.

신랑은 공장을 운영하면서 다른 공장에 잠시 취업하기도 했다. 그러나 이내 옷을 벗고 나왔다. 자기 공장에 미련을 못 버린 탓이었다. 형님 공장에서 한동안 신세를 지기도 했지만 자기 공장을 완전히 포기하지는 않았다. 가정형편은 점점 더 어려워져만 갔다.

어느 날은 내 사정을 알고 한 친구가 찾아왔다. 친구는, 아기는 그 모습이 빨리 변한다며 딸의 사진을 찍어 주고 갔다. 미혼인 친구가 어찌 알고 찾아왔는지, 아마도 천사가 보낸 모양이었다. 친구는 몹시 추웠던 날에 내게 따스함을 주고 떠났다.

다행이고 감사한 것은 딸이 건강했다는 점이다. 성장하면서 필요한 예방주사들은 주안에 있는 임소아과에서 맞았다. 나를 병원에 취직시켜준 분이 개업한 병원이었다. 감기가 들어도 임소아과로 갔다. 약이 좋았는지 금방 나았다. 이처럼 고마운 사람들 덕분에 딸은 큰 어려움 없이 잘 자라주었다.

하루는 둘째 아주버니가 갑자기 찾아오셨다. 신랑이 차 사고를 내서 경찰서에 있다면서 나를 태우러 온 것이다. 딸을 친정에 맡기고 경찰서로 달려갔다. 아주버니는 남편과 잠깐 이야기 나누고는 사라져 버렸다. 파도가 밀려왔다가 밀려나가는 느낌이었다.

많이 다치지 않았으니 합의금 오십만 원만 주면 유치장을 나갈 수 있다고 했다. 앞이 깜깜했다. 우선 집으로 돌아왔다. 얼마 뒤 신랑이랑 잘 알던 집으로 돈을 빌리러 갔다. 그 집에서는 돈이 없다며 미안하다고 말했다. 집으로 오는 길에 창피한 줄도 모르고 길에 앉아 펑펑 울었다. 다음날 문방구 하는 동네 언니에게 말하니, 나에게 돈을 빌려주었다. 그 언니 덕분에 신랑은 집으로 올 수 있었다.

딸의 첫돌 무렵 달성에 살고 계시던 시부모님이 올라오셨다. 시아버님은 폐기종, 어머님은 고혈압을 앓고 계셨다. 건강에 자신 없어진 시부모님은 자식과 함께 살려고 달성을 뜬 것이다. 이후 4년 동안 시부모님은 우리 집과 큰아들네를 번갈아 오가며 사셨다. 그러던 중 어머님은 고향에 다니러 가셨다가 혈압으로 돌아가셨다. 어머님 돌아가시고 2년 후 아버님도 돌아가셨다.

신랑이 일을 해도 생활비는 턱없이 부족하기만 했던 때였다. 어느 날 신랑이 만수동에 마땅한 공장이 있다며 이사 가고 싶다는 말을 꺼냈다. 초등학교 시절 옆집 살던 친구의 엄마에게 부탁해서 4백만 원을 2부로 빌려 이사를 했다. 그러나 만수동에서도 돈은 벌지 못했다. 돈을 빌려준 친구 엄마는 돈 쓸 일이 있다며 빨리 돈을 달라고 재촉했다. 갚아야만 했다. 그래서 남편은 시부모님에게 부탁했다. 시부모님에게 물려받기로 한 집터 대지 200평을 팔아 달라고 애원한 것이다. 아들의 애원을 거절할 수 없었던 시부모님은 그 땅을 팔아 돈을 마련해주셨다. 그 돈으로 빌린 돈을 갚고 남은 돈은 월세 보증금으로 썼다. 시부모님에게 물려받을 재산은 그렇게 물거품이 되었다.

부평공원묘지 입구로 공장을 이전했다. 공장은 월세였는데, 공장 안에 방을 두 개 만들었다. 연탄보일러도 설치했다. 방 하나는 우리가 쓰고, 다른 방은 기술자 2명이 썼다. 기술자들은 그곳에서 먹고 잤는데, 나는 그들의 밥을 차려주었다. 그것이 나의 주된 업무였다. 하지만 시간 나면 포장 일을 직접 하기도 했다. 주인이 함께 일하니 직원들도 적당히 꾀를 못 부리고 열심히 일했다.

하루 세끼 직원들의 밥을 차려주는 일이 사실 쉽지는 않았다. 버스를 타고 부평시장에 나가서 반찬거리를 사오는 일도 힘에 부쳤다. 그래도 돈 버는 즐거움에 힘든 줄 모르고 열심히 살았다. 통장이 점점 살찌기 시작했다. 그러니까 자연스럽게 웃는 날도 늘어났다.

결혼하고 몇 년은 안갯속을 걸었다. 그래서인지 그 몇 년이 무척 길게만 느껴졌었다. 그런데 부평공원묘지 입구로 이사 와서는 안개가 조금 걷힌 느낌을 받았다. 공장이 바빠져서 정신없이 세월이 갔다. 처음에는 묘지를 보기만 해도 무서웠는데, 시간이 지나며 무뎌졌다.

공동묘지 하면 음침한 분위기가 먼저 떠오르기 십상인데, 내가 지내던 그곳은 의외로 밝은 분위기도 지니고 있었다. 봄이 오면 곳곳에 꽃도 피고 새도 울었다. 그래서 산소를 찾는 방문객뿐만 아니라 일반

인도 많이 왔다. 산소 올라가는 길에는 지하수가 있었다.

"이 물 마시면 천 년은 살아요."

동네 사람들은 이런 농담을 건네기도 했다.

공동묘지가 자리한 곳도 산이었다. 나는 이른 아침 굽이굽이 펼쳐진 산길이자 찻길을 따라 산책도 했다. 산소를 보면 먼 훗날 인생의 종착역을 본 느낌도 들었다.

여하튼 그곳이 나의 종착역은 아니었다. '고진감래'라고 했던가. 우리 집에도 봄은 다가왔고 꽃봉오리가 벌어지기 시작했다.

바쁜 계절,
힘든 계절

누구에게나 바쁜 계절은 온다고 생각한다. 부평공원묘지 근처에서 살 때 나는 엄마, 부인, 종업원, 식당아줌마로서 무던히도 열심히 살았다. 아침 일찍 일어나 밥을 하고, 반찬을 만들고, 국도 끓였다. 그렇게 하루도 빠짐없이 직원들의 아침을 준비했다. 반찬은 미역줄거리, 시금치, 멸치, 오징어볶음, 콩나물무침, 어묵, 생선 등을 주로 마련했다. 3~4가지를 돌아가면서 냈다. 제철나물도 종종 식탁에 올렸다. 직원들은 일한 후 허기가 져서인지 음식을 남기지 않고 잘 먹어주었다. 그래서 고마웠다.

아이들을 유치원에, 미술학원에 보내고 나면 곧바로 설거지를 해치웠다. 대충 화장을 하고 공장에 나가 밀린 포장이나 불량검수 작업을 했다. 오전 11시쯤이면 다시 집에 와서 국과 밥을 하며 점심을 준비했다. 반찬은 미리 시간 날 때 만들어둔다.

사실 이때에 내가 만든 음식은 맛이 없었다. 친정엄마에게 밥물

맞추는 법을 배워 그런대로 밥은 지을 수 있었지만 반찬은 잘 못 했다. 해본 적이 없었기 때문이다. 원래 요리에 그다지 관심도 없었다.

나의 주 메뉴는 동태나 돼지고기 찌개, 고추장 감자찌개 등이었다. 음식의 맛은 고추장이나 고춧가루, 파, 마늘, 다시다로 냈다. 점심 먹은 후 설거지를 하고 나서 가끔은 버스를 타고 부평시장에 나갔다. 가서 반찬거리를 샀다. 버스를 타고 다니며 장을 보는 것이 녹록지만은 않았는데, 용달차가 이 힘겨움을 덜어 주었다. 매일같이 생선이나 야채 따위를 싣고 스피커를 울리며 장사하는 용달차 덕분에 시장을 자주 안 가도 되었다.

"배추가~ 왔어요. 싸고 맛있는 과일도~ 왔어요."

용달차에서 이렇게 요란한 소리가 나고, 가끔 흥겨운 음악소리도 곁들이면, 얼른 나가서 필요한 물건을 샀다. 이러한 풍경은 요즘엔 좀처럼 보기 어렵다.

시간이 날 땐 빨래를 했다. 잔업이 있는 날엔 잠깐 짬을 내 저녁밥을 지었다. 그날그날 다람쥐 쳇바퀴 돌 듯 바쁘게 살았어도 생동감 있는 젊은 시절이었다.

지금 떠올려 보면 공장 옆에 방을 만들어놓아서 가능했던 것 같다. 처음 이사 왔을 때는 물소리만 시끄러웠다. 공장 앞에 큰 하천이 있었는데, 그 물소리가 마음을 심란하게 만들었다. 공장 안에, 그리고 한쪽 벽을 막아 방들을 꾸미면서, 그 방들에 의지해 살아가면서 심란함을 잊어갔다. 물론 시간의 힘도 있었다. 시간이 흐르니 물소리가 자연 귀에 거슬리지 않게 되었다. 익숙해져서일까? 무뎌져서일까? 나도 궁금했다. 여하튼 나는 적응했다.

인간에게는 어디에서나 적응하려는 능력이 발휘되는 것 같다. 살아가기 위해서라고 생각한다. 문득 들끓었던 파리가 생각난다. 시간만 나면 파리채를 들고 잡았다. 끈끈이도 곳곳에 붙였는데, 파리가 새까맣게 들러붙었다 끈끈이를 하루에 두 번씩 갈아주기도 했다. 혹시 파리도 살아가기 위해서 적응하려 했던 걸까? 아무튼 그런 일을 지금 겪지 않고 젊은 시절에 겪은 것이 감사할 뿐이다.

나는 꽃을 좋아했다. 공장 문 입구 양쪽에 흙이 있어 봄이면 팬지와 장미꽃을 심었다. 지금은 이름을 잊었지만 모종을 많이도 심었던 기억이 있다. 몸이 힘들었던 시절 내 마음은 꽃밭의 향기를 그리워했었나 보다. 공장 뒤로 돌아가면 야트막한 산이 있었다. 봄이면 그 산에서 진달래를 꺾어 와 병에 꽂아두었다. 추석에는 솔잎을 따 왔다. 쌀을 불려서 분쇄기로 빻은 뒤 채로 치고, 채 위에 남아 있는 쌀을 다시 갈아 익반죽을 해서 송편을 만들어 먹었다. 신랑과 아이들과 둘러앉아 즐겁게 먹었다.

아이들에게는 변변치 않지만 빵도 만들어주었다. 전기 팬으로 밀가루에 베이킹파우더와 우유, 설탕을 넣어 가끔 해주곤 했다. 모두 추억의 시간이다. 요즘은 전자레인지에 데우기만 하면 먹을 수 있는 완제품이 수도 없이 쏟아져 나온다. 세월의 변화를 실감한다.

시간은 지나버리면 다시 돌아오지 않는다. 살아보니 다 때가 있었다. 구태의연한 이야기일 수 있지만, 이는 현대인들을 향한 나의 소박한 바람이다. 현대인들은 참 바쁘고 힘들다. 그래도 간단한 빵이나 떡 등을 사랑하는 사람들과 나누는 시간을 가졌으면 좋겠다. 가족들과 또 아이들과. 정 바쁘면 어쩔 수 없겠지만 일 년에 한 번만이라도 시도를 해보면 어떨까? 전통음식인 떡이나 만두라도 만들어보면 힘은 들더라도 얻는 것이 많아진다고 말하고 싶다.

어린 시절 살던 곳에는 산이 많았다. 초등학교 때는 나무젓가락으로 송충이도 잡으러 갔었다. 털이 많은 송충이를 나무젓가락으로 집어서 깡통에 넣었다. 징그러워 소리 지르기도 했다. 지금은 상상 못 할 풍경이다. 자연과 함께 지내는 시간이 많아서였을까? 그 시절 사람들은 순수하고, 배려도 잘하고, 또 강했던 것 같다.

한번은 공장에 불이 나 불자동차 두 대가 앵앵거리며 달려오기도 했었다. 공장 안으로 들어오는 전선에 불이 붙은 것이다. 낮 시간이어서 다행히 대형 사고는 나지 않았다. 나는 처음 겪는 일이라 놀라서 어찌 할 바를 몰라 발만 동동 굴러댔다. 순간 순발력이 있던 남편이 모래를 집어서 불붙은 곳에 던졌다. 다행히 불은 꺼졌고, 불자동차는 큰 수고 없이 돌아갔다.

그날 너무 놀라서인지 가끔 공장에 불나는 꿈을 꾸기도 했다. 옆집 할머니에게 털어놓았더니 부자 되는 꿈이라 해서 안심이 되었다. 화재 원인은 모자란 전기 용량 때문이었다. 화재를 겪은 후 부랴부랴

전기 증설 공사를 했다. 그제야 조금 마음이 놓였다. 살다 보면 참 생각지도 못한 일이 일어나기도 한다.

그 일 역시 생각지도 못한 일이었다. 한번은 단속반인지 사이비 기자인지 모르겠지만 누군가 공장에 불쑥 들이닥친 일이 있었다. 마침 남편이 자리를 비운 때였다. 그 남자는 이곳은 공장을 할 수 없는 지역이라며 사장님을 만나야겠다고 했다. 그 말을 듣자 눈물이 펑펑 쏟아졌다. 사이비 기자들이 단속반인 척 돈 뜯으러 종종 다닌다는 말을 들은 터라 겁도 나고 속상했다.

"돈이 없어 지금은 이사를 못 가요. 아이들과 갈 곳이 없어요. 내년에 이사 갈게요."

젊은 여자가 울며 호소를 하자 그는 당황했는지 빨리 이사 가라는 한마디만 남기고 돌아갔다. 추측컨대 불도 나고 냄새도 나서 동네에서 민원이 들어갔던 것 같다. 다행히 이후 별다른 일은 없었다.

일요일은 휴무였지만 주로 밀린 일을 했다. 가끔 가족 나들이도 갔지만 멀리는 못 갔고, 외식이래야 중국집이나 순댓국집, 고깃집이 다였다.

가족과 함께한 '외식'의 기억 중 특별한 것이 있다. 부처님 오신 날, 불교신자도 아닌데 약산에 있는 절에 아이들을 데리고 간 적이 있었다. 약산 입구에 장사하는 사람들이 많았는데, 그거 구경차 간 것이다. 거기서 먹은 파전이며 김밥, 떡볶기 등이 아직도 기억에 생생하다. 어찌 그리 꿀맛이었는지 모른다. 아마도 가족과 함께 즐겁게 먹어서가 아닐까. 미각도 내 마음과 함께 덩달아 춤추었을 것이라 생각된다.

아이들이 크고 보니 즐거운 여행을 많이 다니지 못한 아쉬움이 밀려왔다. 저녁이면 학습지로 공부도 가르쳐야 하고, 숙제도 봐주어야 하고, 빨래도 개야 되고, 손과 발이 늘 바빠 여행에 시간을 내지 못했다. 그래도 아이들은 건강하게 잘 자라주었다. 정말 감사한 일이다.

일요일에도 잔업을 하곤 했지만, 일이 없을 때에는 친구가 하는 미용실에 가서 수다를 떨었다. 여유가 있을 때는 파마도 했다. 나의 유일한 휴식 시간이었다.

자녀는 둘은 있어야 한다고 생각한다. 나는 딸 하나, 아들 하나를 키웠다. 일에 바빠서 잘해주지는 못했다. 둘이 공부하며 놀라고 하고, 잠깐은 볼일을 보고 오기도 했다. 일요일이면 아이들을 데리고 성당에도 다녔다. 남매라서 종종 싸웠지만 성장하면서 외롭지는 않았을 거라 생각한다.

단속반인지 사이비 기자인지 모르는 사람이 다녀간 그 몇 년 후, 남동공단으로 공장을 이전했다. 살림집은 따로 내서 방이 세 개인 전셋집을 얻었다. 단독주택인데, 기름보일러도 있었다. 뜨거운 물도 잘 나오고 방도 뜨끈하니 온천에 와 있는 느낌이었다. 봄날의 따스한 온기가 내 품안으로 파고들어오는 기분이었다. 천국이 이럴 것이라 생각했다.

하지만 뜨뜻한 아랫목에 누워 있을 짬은 그리 많지 않았다. 성장한 아이들을 돌보느라 나는 손이 부족할 때에만 공장에 나갔다. 그랬더니 공장은 고맙게도 더욱 바쁘게 돌아갔다. 친정엄마에게 아이들을 맡기고 밤샘 한 적도 있었다. 그래도 한결 몸은 편했다. 큰 식당이 있어서 직원들 밥도 그곳에서 해결하니 무거운 짐을 덜은 기분이었다.

결혼 전에는 핑크빛 꿈도 많았다. 헤밍웨이나 톨스토이가 쓴 책도 읽었다. 그 시절엔 책 외판원들이 전집을 들고 곧잘 다녔다. 동네 서점에서 한 권의 책도 주문하면 살 수 있었다. 책을 손에 넣기 좋은 환경이었다. 덕분에 병원에서 일할 때에는 제법 책을 읽었다.

펜만 잡으면 시가 떠오르던 때도 있었다. 버스를 타고 가다가 차창 밖을 보며 상상의 나래를 펼치기도 했다. 친구들과 등산가서 밥을 해먹던 즐거운 추억도 내게 남아 있다.

삶은 받아들이고 감내하며 살아가는 거라고 생각하며 부지런히 살았다. 겨울이 지나면 봄은 온다. 지금 나는 봄이다. 큰돈은 못 벌었지만 열심히 살았다고, 마음으로 내 어깨를 쓰다듬는다.

남 편에서
내 편으로

남편은 엄하고 무섭기만 한 아버지 때문에 기를 펴지 못하고 살았다고 한다. 착하기는 부처님 가운데 토막 같았다. 여자 마음 사는 법도 몰랐다. 이따금 선의의 거짓말도 필요한데, 배려의 말 한마디 잘 할 줄 몰랐다. 남 앞에서도, 시집 식구 앞에서도 자기 생각대로 말했다.

아들이 여섯 살 때였다. 시누이들이 우리 집에 왔다가 큰집에 가자고 했다. 아이들은 안 가겠다고 해서 남편과 시누이들과 나만 큰집으로 갔다. 웃고 떠들며 이야기꽃을 피우고 있었다. 아들한테 전화가 걸려 왔다. 언제 오냐고 묻길래 조금 이따 간다고 말했다. 하지만 형제들이 오랜만에 모인 터라 금방 자리를 털고 일어나기가 쉽지 않았다. 나는 그만 가자는 말을 꺼내지 못해 눈치만 봤다. 남편은 내 마음을 전혀 모르는 눈치였다.

조금 뒤 아들에게서 또 전화가 왔다. 텔레비전에 연결하는 오락기를 사온다던 엄마 아빠가 빨리 안 오니까 몸이 단 것이다. 어린 마음에 얼마나 오락기가 눈에 밟혔을까? 엄마 아빠를 기다리는 시간은 길게 느껴지는 시간이었을 것이다.

남편에게 전화기를 건네며 아들에게 말하라고 시켰다.

"금방 집으로 갈 테니 전화하지 말라고."

아들을 잘 달래도 시원찮은데 나한테만 나무라듯 말하니 가슴이 철렁했다. 순간 더 놀라운 말이 남편의 입에서 나왔다.

"이런 병신."

남편은 순간 감정 자제가 안 되었던 모양이다. 시집 식구들 다 있는데도 큰 소리로 나를 면박준 것이다. 눈까지 치켜뜨면서! 지금 같으면 나도 대번에 받아쳤을 텐데, 그때는 시집 식구 앞이라 꾹 참았다. 그리고 집으로 돌아와서 한바탕 퍼부었다.

"자기 식구들 앞이라고 함부로 말하면 돼? 그 정도밖에 안 되는 사람이야?"

열 받아 따졌지만 열 받은 사람은 나뿐이었다. 남편은 이불 뒤집어쓰고 아무 말도 없이 잠을 잤다. 나만 뜬눈으로 밤을 보냈다. 꿈일거라고 위로하면서. 바위에 계란 던지기를 하는 기분이었다. 돌이켜보면 바위에 계란을 던지는 일이 종종 있었다.

언젠가 문득 깨달았다. 남편과 나는 서로 다른 생각을 하고 산다는 것을. 남편에게는 자녀 문제는 엄마가 알아서 해야 한다는 고정관념이 있었다. 아빠가 나서는 것이 싫다고 했다. 본인이 호랑이아버지와 살다 보니, 자녀에게는 싫은 소리 안 하고 살아야겠다 결심했다고 했다. 그러니 정작 자기 아들에게는 아무 말도 안 하고 전화하지 말라는 꾸지람을 전하라고 하나? 나한테는 병신이라고 하고? 아무래도 그날 남편의 언어 시스템이 오작동을 했나 보다. 아직까지도 그날 일에 대해 남편에게 미안하다는 소리를 듣지 못했다.

말도 여과가 필요하다. 착한 것하고 현명한 것은 다르다. 착하지 않아서가 아니라 현명하지 못해 상대방에게 말로 상처 주는 일이 많다. 남편과 나도 그랬다. 답답하게 이해도 못한다면서 소리를 지르기도 했다. 세월이 지나고 나서야 알게 되었다.

어느 날, 요리를 배우러 가는데 남편에게 전화가 왔다. 부동산에서 소개한 땅을 보러 갈 건데 같이 가자고 했다.

"아는 부동산이야?"

나의 물음에 남편은 이렇게 답했다.

"아니. 좋은 물건 있다고 부동산에서 전화가 온 거야."

나는 다짜고짜 받아쳤다.

"사기꾼이야. 뭘 믿고 따라가? 난 안 갈 테니, 당신 혼자 가."

그렇게 전화를 끊었다. 그런데 다음날 남편에게서 귀를 의심할 만한 소리를 들었다.

"계약했다."

그 소리를 들으니 속에서 천불이 났다. 남편의 변명인즉슨, 부동산 사람과 같이 가려는데 땅주인이 이미 계약이 되었다며 오지 말라고 했단다. 그러자 부동산 사람이 위치 좋고 돈 되는 다른 땅을 추천했단다. 장황하게 설명하면서 안 사면 후회한다고 꼬드겼단다. 남편이 땅도 안 보고 계약했다고 말하는데, 정나미가 뚝 떨어져 버렸다.

"초등학생도 알겠다. 기획부동산이 사기 친 거야!"

남편은 은행 거래며, 납품이나 수금 등의 금전 관리를 도맡아 했다. 나는 남편이 주는 생활비만 받아 쓰며 살았다. 그렇게 살아온 것이 후회됐다. 하지만 이미 엎질러진 물이었다.

"등기까지 나왔는데 정작 땅은 못 봤어. 매매한 토지 같이 보러 갑시다."

남편의 재촉에 하는 수 없이 길을 따라나섰다. 사기꾼들과 함께 갔다. 남편이 샀다는 땅은 양양공항 들어가는 입구 근처였다. 사기꾼들은 곧 중국과 동남아 비행기가 양양공항으로 와서 물류 센터와 숙박시설을 지을 거라며 장밋빛 거짓말만 늘어놓았다. 물론 그 계획을 수립한 건 사실일 수도 있겠지만, 추진이 안 될 수도 있는 일이었다.

훗날 다시 가서 그 땅을 보았다. 내 눈에는 가망이 1도 없어 보였다. 완전히 새가 된 기분이었다. 남편이 산 땅은 낮은 산들이 옹기종기 붙어 있는, 산지라 해도 과언이 아니었다. 사들인 땅이 어디인지 찾기도 힘들었다. 나는 사기꾼들에게 이런 땅을 나중에 어떻게 파냐고 하소연했다. 그랬더니 그들은 걱정 말라고, 자기들이 책임지고 팔아준다고 대꾸했다.

사기꾼들은 거나하게 밥을 사더니 이렇게 말했다.

"또 한 군데 좋은 물건이 있는데, 안 사도 되니 구경만 하고 올라가시는 게 어떻겠습니까?"

썩 내키지는 않았지만 안 사도 된다는 말에 구경을 갔다. 그곳은 밭이 많은 평지였다. 나는 남편에게 넋두리하듯 말했다.

"땅을 사려면 이런 밭을 사야지, 산은 별로야."

이 밭을 사고 싶다는 뜻이 절대 아니었다. 산보다는 밭이 낫다는 말을 한 것뿐이었다. 그런데 나중에야 알았다. 남편이 그 땅도 사들였다는 것을. 역시 사기꾼들에게 당한 거였다. 기획부동산은 산 하나를 수십 개로 잘라 팔아먹고, 개발 안 되는 큰 땅을 산 뒤 쪼개기 해서 비싸게도 팔아먹었다. 지금으로부터 17년 전 일이다. 당시 7~8천만 원이면 결코 작은 돈이 아니었다. 사기꾼들은 많은 순진한 사람들의 등골을 빼먹었다. 눈에 콩깍지가 낀 남편은 아무것도 보지 못했다. 내가 아무리 사기꾼이라고 말해도 우겨대기만 했다.

"당신이 뭘 알아? 개발 전문가가 윗사람들에게 정보 캐내서 알아낸 개발지만 산 거야."

몇 년 지나서 우리에게 땅을 팔아먹은 사기꾼들이 뉴스에 나왔다. 기획부동산을 사기부동산이라고 대대적으로 보도했다. 피해자가 많았다고 한다. 물론 우리 부부도 그중 하나였다.

이때부터 남편이 남의 편으로 느껴졌다. 그럭저럭 살 만했는데, 다시 가족을 궁지로 몰아버린 남편이 미웠다. 나와는 다른 생각으로 살아가는 남편을 이해할 수 없었다. 보는 눈이 없으면 남의 말이라도 들어야 하는데, 마누라 말도 안 듣고 혼자만 똑똑한 척하는 남편이 한심스러웠다.

남편의 변명이란 참 군색했다.

"남들은 다 여자들이 하는데, 나는 내가 땅 사러 다닌다고!"

돈을 본인이 움켜쥐고 사는데, 내가 무슨 수로 땅을 사러 다니겠는가.

물에 뜬 기름처럼 소통이 안 되는 남편과 몇 년 동안은 참 차갑게 살았다. 나도 남편에게 가는 말이 곱지 않았다. 무슨 말을 하려면 차분하게, 자세하게 설득시켜야 하는데 답답하다고 상처의 말만 뱉었다.

사기를 당한 데에는 따지고 보면 내 잘못도 있었다. 다부지지 못하고 순하게만 살아온 것도 잘못이었다. 세상이 만만치 않다는 것을 잘 몰랐던 것도, 다들 내 마음 같은 줄 알았던 것도 잘못이었다. 수업료를 참으로 비싸게 치렀다. 아무래도 시대를 잘못 태어난 탓인 듯하다. 지금처럼 검색만 하면 원하는 것을 알아낼 수 있는 정보의 시대에 태어났다면, 눈 뜨고 당하는 일은 없었을지도 모른다.

딸이 시험관 시술로 쌍둥이를 낳았다. 우리 집에서 몇 달 동안 몸조리를 했다. 대번에 나는 할머니로 살아야 했다. 할머니로서 육아에 참여하는 게 몹시 힘이 들었다. 힘이 드니까 남편한테 짜증이 날아갔다. 분리수거라도 해주고 쓰레기라도 버려주면 좋으련만, 도움이 안 된다며 타박을 했다.

하루는 남편이 지갑을 두고 갔다며 주차장으로 지갑을 가지고 내려오라는 전화를 했다. 나는 엘리베이터를 타고 내려가다가 남편의 지갑을 슬쩍 열어보았다. 지갑 안에 학원 등록증이 있었다. 남편을 보자마자 물었다.

"웬 학원 등록증이야?"

남편의 대답은 뜻밖이었다.

"대학 가려고."

더 이상 깊이 묻지는 않았다. '공부 못 한 것이 한이 되었나 보다'라고만 생각했다.

그래도 공부는 열심히 했는지 남편은 대학에 합격했다. 그리고 낮에는 공장에서 밤에는 대학에서 부지런히 살았다. 수업 시간에 녹음한 것을 차에서도, 집에서도 반복하여 들으면서 만학도의 열정을 보였다. 피노키오처럼 다른 사람으로 변한 남편이 어쩐지 낯설기까지 했다. 결국 남편은 무사히 졸업까지 했다.

남편이 성실한 것만은 인정한다. 남편은 비가 오나 눈이 오나, 주말만 빼고는 공장에 나간다. 큰돈은 못 벌었지만 일을 게을리하지는 않았다. 나보다도 잘하는 것도 많다. 글씨도 잘 쓰고, 노래도 잘한다. 내가 특히 인정하는 것은 남편이 지구와 별에 대해서 잘 안다는 사실이다.

“천둥 칠 때 식물들은 질소 먹는 날이야. 비에 질소 성분이 들어가 있거든. 그래서 꽃이든 나무든 수돗물보다 비를 맞으면 쑥쑥 더 잘 크는 거야.”

이런 말을 하는 남편은 제법 유식해 보였다.

남편은 현재 혈압도, 콩팥도 좋지 않다. 그래도 주말이면 농사도 지으면서 열심히 살아주고 있다. 지금은 남의 편이 아닌 내 편으로 잘 살아주고 있다. 고마운 일이다.

남편과 든든한 아들
그리고 소중한 딸과 함께.
지금은 남의 편이 아닌
내 편으로 잘 살아주고 있다.
고마운 일이다.

내 맘대로
키운 딸

흙이 높이 쌓여 있는 논에서 은수저를 캤다. 나의 태몽이었다. 이 꿈을 꾸고 딸을 낳았다.

딸이 유치원을 다니는 중에 이사를 했다. 그때 딸은 일곱 살이었다. 딸에게 버스정류장을 알려준 뒤 물어보았다.

"어디서 내려야 하는지 기억하겠니?"

"응."

일곱 살 아이가 겁도 없이 혼자 한 달 정도 버스를 타고 유치원을 다녔다. 지금 생각해보면 어림없는 이야기이다. 그때 나는 일곱 살이면 가능하다고 착각했었다. 그만큼 아이에 대해, 딸에 대해 몰랐던 것이다. 충분히 다닐 수 있을 것이라고만 생각했다. 육아 경험이 없으니 주먹구구식으로, 내 주관대로 교육을 한 것이다.

한번은 시아버님이 입원한 적이 있었다. 딸에게 나가지 말고 집에서 동생하고 있으라고 했다. 병원에서 집에 돌아오니 딸이 그랬다.

"엄마, 동생이 똥 누어서 내가 휴지로 닦아줬어."

처음으로 한 일이라 칭찬해주었다. 동생과 세 살 터울이라 가능할 수 있었지만, 어쨌든 대견했다.

다행히 유치원에서 버스를 운행하게 되었다. 유치원 버스를 타고 다니니 통학이 한결 편했다. 덕분에 딸은 무사히 졸업을 했다.

딸은 초등학교 때 동네 피아노 학원을 다니며 체르니 50번까지 마쳤다. 훗날 남동공단으로 이사했을 때에는 다른 학원 원장님이 집에 와서 개인 지도로 남매에게 바이올린과 피아노를 가르쳤다. 기특했던 딸은 학교 공부도 곧잘 했다. 그러던 어느 날 딸이 울상이 되어 집에 돌아왔다. 친하게 지내던 친구가 자기한테 기분 나쁜 말을 했다는 것이다. 나는 무심코 이렇게 말했다.

"공부도 못하는 애하고 놀지 마."

딸은 내 말에 그다지 호응하지 않았다. 나도 진지하게 던진 말은 아니라 곧 잊어버렸다.

그런데 훗날 딸이 불쑥 따지고 들었다. 그때 엄마의 말이 깊은 상처가 되었다고. 친구도 없는데 친구와 놀지 말라는 말이 용서가 안 되었던 모양이다. 딸로 인해 나는 새삼 깨달았다. 말이 무기가 될 수 있음을.

이렇듯 나는 딸의 마음을 읽지 못한 채 내 식대로 키웠다. 내 식대로 훈계하고 야단쳤다. 아이는 어려서 모르니 가르쳐야 된다는 생각에만 사로잡혀 있었지 정작 참된 교육법은 몰랐다. 당시에는 그것을 가르치는 곳도, 알려주는 곳도 없었다. 딸은 엄마를 미워하며 살아야 했다. 그러면서도 엄마를 닮아갔다.

나는 넓은 세상을 경험하는 것이 좋다는 생각을 품고 있었다. 그래서 딸과 아들 모두 방학 때 미국으로 연수를 보내기도 했다.

당시에는 고가의 악기였던 영창 피아노도 구입했다. 아이들이 피아노 치는 소리를 들으면 삶의 보람이 느껴졌다. 부모만이 느낄 수 있는 보람이었다. 또한 대리만족도 되었다. 우리나라 부모들의 자식 교육 열정은 대단하다. 자신들은 못 배워도 자식만큼은 교육을 잘 시키고 싶은 것이 대한민국 부모의 마음이었다. 나도 예외는 아니었다.

하지만 딸은 피아노에 크게 흥미를 느끼지는 않았다. 피아노 발표회나 경연대회도 많았지만 그다지 열의를 보이지 않았다. 나는 딸을 존중하기로 했다. 사람마다 타고난 재능은 다르다는 사실을 되새겼다. 더구나 딸이 피아노를 전공할 것도 아니기에 더는 피아노를 가르치지 않았다.

얼마 전에 어쩌다 피아노 이야기가 나왔었다. 이제 부모가 된 딸은 자기 아이들에게는 피아노 학원 보낼 때 선생님에게 이렇게 부탁할 거라고 했다.

"피아노의 기본을 가르치고 나서는 동요 반주나 피아노를 취미로 즐길 수 있을 만큼만 되도록 레슨을 해달라고 할 거예요."

딸의 말을 듣고 딸이 피아노 학원을 다니던 시절이 떠올랐다. 그 옛날의 피아노 학습법이 딸은 어지간히 마음에 안 들었나 보다고 생각했다.

딸이 초등학교 6학년을 마칠 무렵 당첨된 아파트에 입주했다. 미리 다른 집으로라도 주소를 옮기면 딸이 원하는 중학교로 배정을 받을 수 있었는데, 나는 위장전입 같은 것을 몰랐다. 이후 본래 집 주소대로 구월동의 한 중학교에 배정되었다. 공부 잘하기로 소문난 학교였다. 인천 지역 지하철이 공사 중이었던 때라 버스를 타고 학교에 다녔는데 교통체증이 심했다.

버스를 타고 가는 시간이 1시간이나 걸리다 보니 딸은 힘들어 했다. 딸은 전학을 원했고, 나는 딸의 뜻을 받아들였다. 그러나 그 당시에는 학교가 모자랐다. 딸은 산곡동에 있는 여중으로 가고 싶어 했으나 마침 아파트가 많이 생기며 학생 수도 많아졌다. 그래서 부모가 직접 교육청에 가서 추첨 제도에 따라 공을 뽑았다. 남녀공학이 걸렸다. 그런데 딸은 남녀공학이 싫다고 했다. 결국 전학을 안 하기로 결정했다. 그때부터 친구들이 이상한 말을 하기 시작했다.

"재 전학 간다더니 다시 들어왔어. 엄마 치맛바람인가 봐."

딸은 그 소리가 너무 싫다고 했다. 하지만 해줄 수 있는 게 없었다.

몸이 힘들어하는 딸을 위해 내가 차를 사서 등하교를 시켰다. 그리고 부족한 수학 실력을 향상시키기 위해 학원을 보냈다. 얼마 후에는 학원 선생님께 개인지도를 부탁했다. 그렇게 몇 달 과외를 시켰지만 딸은 열심히 하지는 않았다.

한번은 공부를 안 한다며 야단을 심하게 쳤다. 야단맞은 딸이 방문을 쾅 닫고 들어가버렸다. 그날 뒤로 무슨 말만 하면 딸은 불만이 가득해서 엄마를 째려봤다. 방문도 자꾸만 쾅쾅 닫았다. 어느 날 또 그런 일이 반복되자 한순간 나도 확 돌아버렸다.

"그렇게 살 거면 나가 죽어!"

독설을 퍼부었다. 독설이라고 인지하지 못한 채.

그 시절 나는 딸을 이해할 수 없었다. 공부하도록 다 밀어주는데도 공부도 열심히 안 하고, 반항만 하는 딸이 무조건 잘못이라고 생각했다.

무의식중에 한 독설을 나는 잊고 살았다. 그런데 딸은 오랫동안 가슴속에 꽁꽁 싸매고 있었다. 그 상처를 크고 나서 나에게 보여주었다. 나는 진심으로 사과했다.

"미안하다. 상처 입으라고 한 말은 아니었어."

나름대로 잘 키운다고 했지만 방법이 잘못되었던 것 같다. 딸이 원하는 방향이 아니라 나의 방향으로 딸을 몰기만 했던 것은 아닌지…….

일방통행 엄마로 인해 힘든 사춘기를 보낸 딸에게 다시 한 번 사과를 전한다. 등하교를 친구들과 못 하고, 전학 문제로 구설수에 휘말린 적도 있었고, 그래서 딸은 외로웠을 것이다. 그때는 왜 딸의 외로움을 헤아리지 못했을까? 가족 간에도 소통이 중요하다는 것을 너무나 늦게 깨달은 내 잘못이다.

고등학교에 들어가서는 학교가 좀 더 가까워졌다. 덕분에 친구들과 어울리며 즐겁게 학교생활을 할 수 있었다. 나하고도 큰 갈등은 없었다. 다만 여전히 공부는 열심히 하지 않았다 친구들과의 시간을 즐기더니 대학은 미끄러졌다.

용인에 있는 스파르타 기숙학원을 보냈다. 그곳에서도 열심히 공부하지는 않았지만 나름 성실하게는 했는지 대학에 합격했다. 대학에 간 딸은 부지런해졌다. 새벽에 신문 보급소에서 아르바이트를 하고 개인 과외도 하면서 열심히 살았다. 그 근면 성실의 힘으로 무사히 대학을 졸업했다.

딸은 사춘기를 제외하고는 착하고 인정 많은 '딸'로 살았다. 어엿하게 성장해서 취직도 하고, 직장생활을 하다가 필리핀으로 어학연수도 갔다. 나는 딸 덕분에 보홀과 보라카이도 구경할 수 있었다. 홍콩도 다녀왔다. 딸이 자랑스러워서 그랬는지 홍콩 여행은 유난히 상쾌하고 발걸음도 가벼웠다. 딸과 함께 스페인과 중국도 다녀왔다. 모녀가 여행의 동반자로서 그곳에서 아름다운 추억을 만들었다.

딸은 대학 때 만난 친구와 오랜 연애를 하더니 결혼까지 했다. 그러나 임신이 안 되어서 신혼 시절이 마냥 행복하지는 못했다. 한약도 7개월 먹어 보는 등 여러 가지 시도를 했으나 임신에 성공하지 못했다. 결국 시험관 시술로 아기를 가졌다. 쌍둥이였다. 유산의 기미가 있어서 임신 6개월 차부터는 병원에 입원했다. 오랫동안 병원에서 생활한 끝에 무사히 출산했다. 손녀와 손자였다.

나에게는 할머니의 삶이 시작되었다. 산후 도우미가 와서 오후 6시까지는 아이들을 돌봐주었지만 할머니의 손길도 필요했다. 낮에는 살림하고, 장도 보고, 반찬도 하고, 이유식도 만들며 바쁜 나날을 보냈다.

낮에는 얼마든지 육아에 참여할 수 있었는데, 문제는 밤이었다. 딸이 손녀를, 내가 손자를 데리고 잤다. 그러다 보니 우는 소리가 나면 잠을 털고 일어나야 했다. 잠에 취해 아기를 살피고, 분유도 주고 하는 일이 쉽지 않았다. 깊은 수면을 못 하는 것이 제일 힘들었다. 젊을 때는 힘들어도 금방 회복이 되었는데, 나이 먹으니 쉽지 않았다. 그래도 조그만 소리라도 나면 반사적으로 몸이 일어나졌다. 신경이 아이한테만 쏠려 있기 때문인 듯했다. 손주들은 내게 어머니의 본능을 일깨웠다. 모든 어머니는 위대하다고 생각한다.

손녀는 미숙아여서 그랬는지 폐렴으로 몇 번 입원도 했다. 지금은 네 살이고 말도 잘한다. 동생과 친구처럼 상황극도 하면서 논다. 그 모습을 보면 피곤함이 사라진다. 손주들은 나의 향기로운 꽃나무다. 그 꽃나무가 잘 자라고 있어서 축복이라 생각한다.

세계의 평화는 가정에서부터 시작된다고 한다. 우리 가정이 세계 평화에 이바지하고 있다고 나는 믿는다. 손주들이 평화의 보금자리에서 맑고 밝게 자라나길 기도한다. 그리고 응원한다.

"우리 손주들, 할머니에게 와주어서 고맙고 사랑한다!"

세계의 평화는 가정에서부터 시작된다고 한다.
우리 가정이 세계 평화에 이바지하고 있다고 나는 믿는다.
손주들이 평화의 보금자리에서
맑고 밝게 자라나길 기도한다. 그리고 응원한다.

잘 가, 친구들

추석이 지나고 2일째 되던 날, 마트 가는 길이었다. 사십대 중반으로 보이는 여자가 상가 앞쪽 가로수를 네모지게 두른 돌 울타리에 앉아 엉엉 소리 내어 울고 있었다. 사람들 왕래가 많은 곳에서 무슨 사연이 있어서 슬피 우나, 쳐다보면서 지나갔다.

마트에서 필요한 것을 사고 집으로 돌아오는 길이었다. 꽃집에서 화분을 보고 있는데 핸드폰 벨이 울렸다. 발신자가 친구여서 친구 이름을 부르며 전화를 받았다. 그런데 전화를 건 사람은 친구가 아니라 친구의 딸이었다.

"아줌마, 엄마가 좀 전에 돌아가셨어요."

믿기 힘들었다. 말문이 막혔지만 어떤 말이든 해야 했다.

"어떡하니, 불쌍해서. 항암 치료 잘 이겨낼 줄 알았는데……. 친구들에게 연락할게."

전화를 끊고 정신없이 집으로 왔다. 오자마자 친구들에게 부고 메시지를 보냈다. 그러다 문득 길가에 앉아서 슬피 울던 여자가 생각났다. 우연의 일치지만 시간대가 비슷했다. 울면서 지나가거나 술을 먹고 우는 사람은 보았지만 대낮에 서럽게 우는 여자는 처음이었다. 그런데 친구가 죽었다는 소식을 듣다니! 그 기억은 여전히 강렬하다. 아직도 의문이 풀리지 않는다.

그 친구는 흉선암으로 고생을 했었다. 그러다 한때 건강이 좋아져서 열심히 즐기며 살았다. 한 7년 정도는 해외여행을 1년에 네댓 번 다니며 인생을 즐겼다. 취미생활도 부지런히 했다. 그런데 갑자기 배가 아프기 시작했다. 병원에서 진단한 결과 복막암이 새로 생겼다고 했다.

예전에 항암 치료를 한 탓에 항암제를 강하게 쓸 수 없었다. 친구는 식단 조절을 하고 약하게 투약하면서 잘 버텨나갔다. 그러나 몇 달 만에 훌쩍 우리 곁을 떠났다. 몇 년 전에 사별한 남편 곁으로 갔다.

예전의 추억이 떠올랐다. 그 친구는 학창시절 친구였다. 소요산이나 북한산 등으로 등산도 같이 잘 다녔었다. 지금은 추억 속에 묻힌 이야기지만 그 시절에는 산에서 취사가 가능했다. 우리는 서로 분담해 밑반찬을 준비하고, 코펠에 김치를 넣고 꽁치찌개를 끓여 먹었다. 감자와 양파, 고기를 넣어 카레도 해먹었다. 둘이 먹다가 하나가 죽어도 모를 맛이었다. 이제 그 맛은 산불 예방과 환경 보호를 이유로 취사가 금지되면서 추억의 맛이 되었다. 젊음의 추억의 맛이다.

그 친구를 비롯해 5명의 친구가 함께 등산을 한 적이 있었다. 정답게 등산을 하고 내려오는 길에 베레모를 쓴 대학생들이 다가왔다.

마침 사진을 찍고 있는 우리를 보고 단체 사진을 찍어준다는 것이었다. 우리는 그들에게 카메라를 맡기고 깔깔 웃는 모습을 사진으로 남겼다. 그 사진이 내 앨범에 남아 추억으로 남아 있다. 세월이 흘러 나이 지긋해진 뒤 그 친구들과 모임을 가졌다. 우리는 사진의 추억을 이야기했다. 우리에게도 그런 시절이 있었냐며 지나간 젊음을 아쉬워했다.

기차를 타고 수안보 여행을 갔던 기억도 있다. 1박을 하면서 숙소에서 밤늦도록 이야기꽃을 피웠었다. 2년 전에는 제주도에 갔었다. 올레길을 걸었고, 산방산, 곶자왈, 우도 등을 여행했다. 제주산 갈치도 실컷 먹었다. 최근에는 서유럽을 함께 여행했던 일이 주마등처럼 떠올랐다. 에펠탑을 오르던 추억, 센강 유람선을 타고 사진을 찍던 추억이 엊그제 같았다. 그런데 홀연히 암으로 세상을 등지다니, 친구가 야속하기만 했다. 세월은 기다려주지 않으며, 달려간다. 세월이 달려가는 사이 한 잎 두 잎 떨어지는 게 우리네 인생인 것 같다.

장례식장에서 친구의 사진을 보며 울었다. 울다가도 밥때가 되면 밥을 먹었다. 밥을 먹고 또 이야기 나누며 평상으로 돌아갔다. 이것이 살아남은 사람의 인생인가 싶었다. 발인 전날은 장례식장에서 밤샘이 힘들어 친구 5명이 우리 집에서 잤다. 자면서 추억을 더듬었다. 새벽에 장례미사에 참례했다. 친구를 생각하니 흐르는 눈물이 멈추지가 않았다.

화장장으로 이동했다. 화장을 준비하는 동안, 또 화장하는 동안 커피를 마시거나 잠깐 밖을 거닐기도 했다. 많은 무덤들을 보자 여러 생각이 교차했다. 친구의 뼈가 가루가 되어 나오는 것을 보았다. 친정엄마의 마지막 모습이 떠올랐다. 잠깐 머물다 가는 바람 같은 인생 앞에 나도 하나씩 떨어지는 낙엽이라는 생각이 들었다. 남은 삶이라도 잘 익어가리라 다짐했다.

장지는 춘천이었다. 각자 차를 가지고 왔는데 친구 4명이 내 차를 타고 장지까지 동행했다. 납골인데도 땅속에 묻었다. 요즈음은 봉우리를 안 만들고 땅에 매장한다고 한다. 그렇게 친구와 마지막 이별을 했다.

친구 가운데 한 명이 온 김에 춘천 구곡폭포가 유명하다며 보고 가자고 했다. 참 아이러니했다. 마음이 슬픔으로 가득한 데도 불구하고 일상으로 돌아와지니 말이다. 그렇게 살아지는 것이 우리네 삶이라고 스스로 위로했다.

오는 길에 친구들과 이야기했다. 먼저 세상을 뜬 친구가 보고 싶을 때 같이 산소에 오자고. 우리는 한마음으로 친구의 명복을 빌어주었다.

"우리와 함께 추억을 만들어 줘서 고마워. 신랑 옆으로 가서 편안하게 지내."

1년 반 전쯤 한 친구가 또 세상을 등졌다. 유방암으로 1년 동안 표적치료를 받다가 내성이 생겼고, 결국 암이 뇌로 전이가 되어 하늘나라로 떠났다. 같은 아파트 단지에 살았다. 같은 구역이라 구역 모임이나 체육대회도 하며 친분을 이어갔었다.

친구는 아버지의 밭을 무료로 빌려 주기도 했다. 그 밭에 주말 농장식으로 구역 식구들이 함께 고추며 가지, 상추 등을 심었다. 그것들을 수확해 같이 밥을 지어 먹었다. 그러면서 구역의 남성 모임도 활성화되었다.

해마다 여름이면 구역 식구들끼리 아이들을 데리고 영월로, 춘천으로 놀러갔다. 언젠가 민박집에서 붉은 찰옥수수를 따서 바로 쪄 주었는데, 이렇게 맛있는 옥수수도 있나 싶을 만큼 맛있었다. 여러 집이 함께 놀러 다니던 그때가 좋았다. 놀러가면 남자들은 물가에 그물을 가지고 나가서 고기를 잡아 어죽을 끓였다. 비가 오면 부침개를 해 먹으며 막걸리도 마셨다. 밤늦도록 고스톱을 치기도 했는데, 시끄럽다며 다른 방에서 민원이 들어오기도 했다.

곰배령도 두 번이나 함께 다녀왔다. 그곳 민박집 밑에는 큰 개울이 있어서 어항을 놓아 물고기를 잡았다. 그 물고기가 친구에게 넘겨지면 맛있는 어죽이 되었다. 친구는 어죽을 참 잘 끓였다. 친구의 남편은 기타와 노래방 반주기를 가져와서 즉석 라이브카페를 차렸다. 노랫소리와 음악으로 민박집은 붉게 물들었다. 나는 음치라 노래를 못했지만 듣는 것만으로도 행복했다.

친구의 딸은 서울대를 졸업하고 대기업에 들어갔다. 아들도 뒤늦게 세무사가 되었다. 자식 걱정 놓고 여생을 즐길 수도 있는 기회였다. 하지만 친구는 그 기회를 한껏 누리지 못하고 먼저 가버렸다.

친구가 한동안 연락이 안 되던 적이 있었다. 아픈 모습을 보이고 싶지 않아서인가 짐작할 따름이었다. 그러던 어느 날 전화가 왔다. 같이 밥을 먹자고 했다. 밥을 먹으며 이런저런 이야기를 나누었다. 친구는 매일 꾸준히 운동을 한다고 했고, 표적치료 내성이 생겨서 기분이 안 좋다고 했다. 내가 해준 말은 이것뿐이었다. 이 말밖에 할 수가 없었다.

"그래도 힘내고 항암치료 잘 받아."

그게 마지막 말이 되었다. 그날 친구의 모습이 마지막 모습이 되었다.

친구는 나눔을 실천하며 살았다. 아프고 경제력이 없는 사람들에게 얼마의 돈과 쌀을 후원했고, 사회복지 시설에서 매달 음식을 만들어 배달하기도 했다. 김장철에는 2백 포기 이상 김치를 담아 나눔을 실천했다. 나도 친구를 따라 시설에서 주방일을 돕기도 했었다. 봉사를 하니 몸은 힘들어도 마음만은 솜털처럼 가벼웠었다. 정말 신앙심과 이웃 사랑으로 똘똘 뭉쳐 있던 친구. 그 천사표 능력자를 하느님은 야속하게도 먼저 데려가셨다.

친구의 장례미사에서는 여기저기서 울음소리가 들렸다. 마음 아파하는 이들이 많다는 것은 그동안 잘 살아왔다는 증거이다. 오늘도 그 친구가 그리워진다.

매사에 감사하고 살라는 소리를 들어도 젊을 때에는 크게 와 닿지 않는다. 자기 앞가림하기도 힘든 때가 청춘이기 때문이라 생각된다. 하지만 소중한 사람이 하나둘 떠나면 생각이 달라질 수밖에 없다. 나도 그랬다. 지금은 걸을 수 있고 숨 쉴 수 있는 것에도 감사하다. 감사함이 피부로 와 닿는다.

마치는 글

주말에 농사를 지으면서 알았다. 풀은 뽑아도 계속 자란다. 풀과의 전쟁이다. 더워서, 시간이 모자라서, 이렇게 핑계를 대며 풀을 뽑지 않으면 가을에 엄청 많은 양의 씨를 맺는다. 추워지기 시작하면 종족 번식을 위해 씨를 모두 땅에다 버린다. 작은 풀들은 줄기만 하얗게 남아 있다. 농작물도 다 때가 있었다.

심을 때와 수확할 때가 있었다. 완두콩도 수확할 시기가 지나면 통통하던 콩이 허예지고, 쭈글쭈글해지며 작아진다. 씨로 변화하는 것이다. 오묘한 자연의 이치다.

좋은 씨를 뿌려야 좋은 열매를 맺는다. 쪽파도 굵고 통통한 뿌리를 심어야 작은 뿌리보다 더 크고 튼실하게 자라는 것을 보았다. 인생도 좋은 씨를 심으며 살아야 좋은 결과를 얻는다고 생각한다. 좋은 씨는 본인의 의지로 거뜬히 구별해낼 수 있을 것이다.

누구나 시작은 어렵다. 그렇지만 용기를 내서 새로운 도전을 하다 보면 다른 '나'를 만날 것이다. 몰랐던 '나'를 알게 될 것이다. 자신이 생각보다 참 괜찮은 사람이라는 느낌을 받을 것이다.

남편은 뒤늦게 캘리그라피를 배웠다. 실력이 늘어 잘하게 되면 수강생을 모집해서 가르치고 싶다고 했다. 새로운 '나'를 만난 것이다. 또한 제2의 인생을 멋지게 펼치고 싶은 욕심이 생긴 것이다. 값진 욕심이라 생각한다. 남편이 그 욕심을 채울 수 있기를 응원한다. 만들며 살다 보면 또 다른 눈이 생긴다.

나는 평범하게 살다가 유튜버가 되었다. 쑥스럽지만 글쟁이도 되었다. 변화된 인생을 살아가고 있다. 제2의 인생이 행복하다. 시야도 넓어졌다. 긍정적인 변화를 일으킨 내 자신이 대견하고 든든하다.

앞으로는 외국어 공부에 더 열정을 쏟고 싶다. 누구나 죽을 때까지 공부하며 살다 가는 것이다. 나라고 예외일 수 없다.

일할 수 있을 때까지 일하고 싶다. 유튜버로서 제2의 인생을 살아갈 것이다. 내가 할 수 있는 것으로 재능 기부도 하며 소소하지만 값지게 인생을 살려고 한다.

책을 쓸 수 있도록 동기부여를 해준 딸, 집안일을 도와주고 마음으로 응원해준 가족들, 고마움을 표한다. 유튜브를 알려주신 빛나영 선생님과 이은대 작가님에게도 감사를 표한다.

"누구나 스토리 없는 사람이 없고, 똑같은 스토리를 가진 사람도 없습니다. 내 안에 이야기를 쓰면 됩니다."

이은대 작가님의 이 한마디가 큰 용기를 불어넣어 주었다. 큰 도움이 되었다. 나의 책이 누군가에게 도움이 되고 용기를 주는 '한마디'가 되기를 소망한다.

잘 쓰지 못한 이야기를 끝까지 읽어준 모든 이에게 감사한다. 모든 날들이 아름다운 인생이 되기를 기도한다.

유튜버와 작가, 예순 넘어 시작하다

초판 1쇄 인쇄 _ 2020년 2월 15일
초판 1쇄 발행 _ 2020년 2월 20일

지은이 _ 주미덕

펴낸곳 _ 바이북스
펴낸이 _ 윤옥초
책임 편집 _ 김태윤
책임 디자인 _ 이민영

ISBN _ 979-11-5877-154-6 03810

등록 _ 2005. 7. 12 | 제 313-2005-000148호

서울시 영등포구 선유로49길 23 아이에스비즈타워2차 1005호
편집 02)333-0812 | 마케팅 02)333-9918 | 팩스 02)333-9960
이메일 postmaster@bybooks.co.kr
홈페이지 www.bybooks.co.kr

책값은 뒤표지에 있습니다.

책으로 아름다운 세상을 만듭니다. — 바이북스